田運良

我，他、妳。

死生回首懺情帖

如書名所示，

此懺情帖——寫給書裡共與死生回首的

我，他、妳。

目次

輯二　他

輯三 妳

妳vs.母情

自序

寫一封給知道我還好的人的信

親愛的大家，各位平安。

我必須謙卑承認，拖到最後一刻，還是決定放棄了。實在找不到，找不到一個詞彙足以串續起這本散文集裡的文字身世，也找不到一條線索可以完全綜理整個書寫過程的生命冒險，更找不到一道明路能清楚指引含括所有壯志宏願的人間夢想。若非真要有個關鍵字作代表，那就，「我還好」吧。

之於死生，我還好。

才剛艱難抽拔爬出癌痛深淵，稍稍喘息靜養，同時也顧盼著人生敘事的下半場該如何再拚搏時，某個夜闌獨處，仿若夢迴，許多過往情節畫面突然閃掠，停格、暫留、倒轉甚或跳接，種種光影的呼求，都促逼著自己應及時先為上半場的前史，註記描紅些鳳毛麟角、雪泥鴻爪，返照回溯點雞毛蒜皮、吉光片羽，以向友朋、家族交代、還願、贖罪。真的，猛而想想，接下來的後半趟旅程，是該帶上之前就打包準備好的行李、盤纏、家當，以及所有虧欠愧負的呀。

由此，我剝開自己。使盡全力，打開硬皮簿子，拐拄著筆，掏心掏肺地、凌遲折磨地寫著寫著……

筆所跋涉流亡、攀高走遠之徑途，就如手術刀往鼻翼旁劃下、彎轉至人中、切開上嘴唇的一路迂迴崎嶇，在臉上恣意妄為地撕扯膚皮血肉，掘挖藏埋在生命隱密處的小情小恨小確幸、小恩小怨小彆扭、小愛小哀小悲歡。我記起那些一字一句斟酌、揣摩、修訂、潤飾、鍛接、提煉的書寫時光，屢屢有人走進窄仄篇幅裡，占據某個段落、某個章節、某個文稿，在筆下紙上繞呀繞、轉呀轉，順手留了幾句修辭、幾片記憶、幾樁傷痛、幾回牽纏、幾處轉折，甚至是幾段空白，將往日深切的、休戚與共的和血緣相連的記憶臍帶，重新綁回「我」的原生母體。

你／妳／您／他／她／它／祂們，都循序返歸我身邊疆域、書寫的天下。

字裡行間繫於歸屬感的漫長漂浪，有許多人在自己生命軌跡的某個街頭巷尾，不期巧遇、偶會、邂逅、重逢，而後錯身、返離、再也不見。這群受其啟蒙、導領、伴陪與影響的諸多過客，其面容、樣貌、身姿、體型，乃至背影的佝僂與駝癯，都再熟悉不過了。棄我去者，昨日之戀無須留，迎我來人，明天之情當長伴。

我篇篇都寫進了、也寫盡了我的城邦，包括君王我自己。

浸染浮沉於那些才在不遠的某刻鑄成、卻已無可返回的記憶泥淖裡，此書也斷斷續續、艱難走筆長達十餘年。檢視這些歲時，比起明確追尋書寫信仰、依戀文字職志的專事作家，我像個身不由己、卻身先士卒的傭兵棄將，甘願投身而甘之如飴地在以文學服務為本的業務企劃活動行銷廣告等等的領域職場，手上經理過的標案、新聞信、致詞稿、邀請函寫得比詩、散文還多得多，麥克風、主持棒也比疾書的筆拿得更穩更久，如此堅守一路走來、度過的青春壯年，一邊嫌浪費揮霍，一面卻知心認命，理智感性兼容的志業實踐，則是無悔無求地孤注一擲，因為我認定終會有其雖難以名之、卻仍將被清楚標註的文學史位置。

直到突然遇襲一場風暴，霎時眼界所及，轉瞬間從沃城變成廢墟、自海闊天空轉為邊陲疆隅。拖著羸弱身軀，收起傲骨霸氣，那群實實握在手心的壯志大夢，倏忽被貶謫得好遠好遠。我，突然醒了、悟了、放下了。

巨大的死生前，祂、貴人（見〈北城突圍〉）在人生必修課堂上，幾乎將「我」全然搏贏擊倒。如倉皇逃難般遺棄至此人生末境，世界乍然荒涼寂漠，我總期望曾經並肩仗義、共同闖蕩而相互策勵的某個「他」或哪位「妳」，能援助些許關懷慰藉，甚而攀梯懸索以拯救我於這深谷絕淵。

書寫，是我重新尋覓這些「某個『他』或哪位『妳』」，以及曾經的「我」，唯一的橋與路。

終究是過橋渡河、開路翻山，很勉強、不瀟灑地都走過來了、挺過來了、撐過來了，在早已關閉聯繫互通管道的當下此刻，我好想在電子郵件、臉書、簡訊、line上發個訊息，甚至提筆寫封信，勇敢的回覆：我還好。

然而，其實經歷過惡土噩水風暴襲擾，心頭仍癱疽著好幾道傷痂膿瘡。肉線密縫過的暗赭鏈痕，彎彎曲曲鏤刻在臉上，已是地標、已是碑誌、已是譜錄，狠狠刺青於生命園區裡的殘破牆垛上留予紀念。痛與慟，從來不是某種隱喻象徵，而是真實的膚觸感知，當然更是死生斷裂的險危與威脅，但我一直鼓舞激勵著，別怕、莫擔心，人生江湖的或顯或隱、是順是逆、將走還留都已判准命定，與其逐日逐月喃喃吁嗟的自囚，不如視此恩典賜福為永生不散的節慶。我在靈魂的歸所、夢的來處，別上彩燈、綺飾，奏著歡鑼、喜鼓，獻呈上此書、大聲朗讀著，作為對昔往舊事的接納、承擔，乃至禦擋、衛守，甚而還擊、迎戰，以小小勝利為自我歡祝重生。

此外，特別要說的，面對記憶書寫的時近又遠，文集裡的或莊嚴幽默、或俏皮肅穆、或朦朧清晰、或驚豔平凡，直都是聽得到的靜默、嘗得出的酸澀、看得見的虛無、聞得到的味氛。而百般懸念的盡頭，豈無最純粹的、最澄澈的、最簡約的，對人生的深情想望？有的，絕對有。藉此機緣，梳理了時間脈絡的漫遊流向，盤點了人情關係的親疏籌碼，沿途風景也許相似或迥異，至少是一再迷路尋路著絲縷可感的抒情，至少還有影子死心塌地陪著，我不哭、不孤獨。

死生一線隔、與永恆對壘之際，人來人往、車水馬龍裡驀然回首，我與「他」與「妳」的故事，儘管物換星移、時變景異，懺情帖成為人生繼續走下去的救贖，正無所遁形閃躲地在扉頁翻讀間，慢慢徐徐緩緩開啟。

終書於信末，我無端地竟淚眼濡濕地開始想念起，瞬間。

我還好。謝謝。

輯一

我，

我vs.兩代

河南省台北縣楠西鄉人——追憶我父走後十年

我總會跟向讚賞我國語說得字正腔圓而台語講得更是道地順溜、又極為好奇我的口味很五湖四海的親朋好友們，以半帶嚴肅正經、半帶俏皮戲謔地唬弄他們，我是正港的「河南省台北縣楠西鄉人」喔——。

鄉愁的利刃每每劃破我混血似的過往，寂寞、空曠得有些過分，那像是死刑囚犯背負著無可饒恕的千萬罪愆，全身深深刺青著不容抵賴與難以推卸的宿命，生命疏離感寫實得近乎嚴峻懲罰似地剝奪「還我清白」的權利，我百口莫辯、我問心無愧。面對這樣無助的現實景境，其實我不但早已懂得不迴避、不抵抗，反而越來越喜愛自己對身世的耽溺、囈語和獨白。

青春剛剛崛起的前幾年，我總會不自主攬鏡自照，對應著膚色、體型、舉止、特徵、慣習的現成線索追溯而上，想要看清過去「舊自我」身世的一切迷濛，驗證已發生或正在發生的「自我」符徵現象，更想望穿血緣底層誕生、成長及至壯年成熟的「新自我」……

是的，承襲爸爸世世代代的一脈血緣，我的祖籍，被驕傲而名正言順地冠上，河南封邱。河南省封邱縣，攤開大陸老母雞形地圖，只是被標註成一個小小的圓黑點。這座距離開封府東北方四十幾華里、威武黑面包青天管轄不到的小鄉鎮，雖是名不見經傳，但是歷史上黃河七次氾濫改道的壯舉，老家均無一倖免，災難、饑饉、病禍、貧窮不斷襲擾，家族幾度大遷徙避禍、再返回重建家園，咬牙忍痛硬是挺下來、代代繁衍迄今，造就堅忍、不服輸的家族漢子性格，如爸爸、如我。

當年國民政府遷台，爸爸隨著軍隊大舉撤退，正巧趕上國家十大建設——南台灣曾文水庫的建設工程，爸爸被派駐到此，工作、戀愛、結婚、生子……於是我就呱呱墜地出生於，台南縣楠西鄉，戶口名簿裡、國民身分證上號碼領頭的英文字母，清楚明確地印記著：「R」，我正統的血緣源頭。

出生、長大、生活自始迄今都一直在台灣土地上洄流激盪，這裡，在我自閉羞赧的心靈中，不斷搬演史詩般風雲壯闊的生命進程，我許諾的夢想之鄉風調雨順，交融著遞嬗更迭的人事物景，我想望在稚氣的面容上，解讀不斷偶遇、撞擊而艱深難解的生命意涵，記下與這塊土地所立的契約與盟誓，更為後半生的豐年而幡然省悟、更加打拚。

生命旅次的初站在台南縣鄉下的小村落，停駐了十多年……

全家住在鄉下，儉樸、和樂、安康、無憂無慮，那是童年記憶最鮮明、最飽滿、也是最精彩燦爛的時光。曾文水庫配發的公家眷舍位在曾文溪下游之畔，一整排磚造的矮屋，左鄰右舍戶戶彼接，全村的叔叔伯伯阿姨奶奶、長輩以至幼兒等等，大夥兒都極為熟識，彼此互相照顧守望，一切國泰民安。屋裡兩房一廳格局簡單，窗明几淨，磨石子地上擺設無多，生活更是過得很緊，沒有娛樂、沒有休閑，也沒有餘裕來裝潢布置與添購家具，一支大同電扇清涼一整個夏天、一個大同電鍋餵養全家人、一張榻榻米讓一整夜都好眠。

我的童年以這種靜滯而透出某種盤桓不去的傷感和喜趣來默默成長，在某一時刻相遇、某一處錯肩、某一回寒暄裡，傳達生命的體溫和不安的年代。而記憶究竟能跑或飛多遠多高多久呢，我有時會亦步亦趨緊緊追隨，有時則等它繞回來，也許我根本就是重重地掉落在各異不同的時光洞窟中，在曠海裡或泅泳或漂浮地，找尋安頓回憶的良港和碼頭。

大門前一小片空地，媽媽用我慣吃的克寧奶粉的空鐵罐，堆堆疊疊當作圍牆圈成苗圃花園，不知名的小花小樹植種錯落其間，四季更迭易色盛綻，微風拂掠，時時刻刻都可以嗅聞到泥土的味道，花花草草散發的香氣，為這小小的、盎綠的、溫馨的自然而怦然心動。每日乃至黃昏時刻，各家媽媽或阿嬤不約而同地呼喊兒女返家，家家戶戶囤放在花園裡的鋁製大臉盆，盛滿被烈陽曬熱的溫水，此時正是孩子們洗澡戲耍的歡樂時刻，小男生小女生互相打著水仗的嬉戲中，送走白天、迎接夜晚；送走童年、迎接青春。

溯沿著曾文溪而上，經過二號橋下，有一窪以亂石堆成的淺灣，這座人工水上樂園正是我們這群玩伴同心協力的傑作。滾滾溪水從石間竄入，沁涼濺向身來，苔蘚滿布石床，豔日照耀炙目，水清溪緩、魚蝦成群，幾個死黨相約午後戲水玩耍，光裸著身子，帶著仲夏的疲懶，捕蜻蜓、網蝴蝶、捉蝌蚪，經過一場午夢的小小風暴，再度隱沒純真的童年天堂。種種場景歷歷在目，忽忽看見自己在兒幼時代裡的洶湧澎湃、然後漣止波平……

我很喜歡吃西瓜和芒果，這是依襲小時候家裡種芒果、賣西瓜的初因傳染的。幼時清苦，媽媽在山後闢一塊平地自己種芒果，一年一熟、一熟只賣旺季兩個月，至於西瓜則是遠自雲林西螺產地批來轉賣的。賣水果維生，是家裡除了爸爸一份公家薪水之外的、另一份貼補家用的微薄收入。娘家在瑞芳雙溪開布莊，大戶人家閨秀自是富裕嬌寵，但是媽媽嫁過來後就很認命，放下身段挽袖幹粗活，除了幫人家燒飯、縫織補綴之外，每早更騎著腳踏車到菜市場擺攤賣水果。當然耳，醜的、壞的、爛的、碰傷的、賣剩下的，當然就成了我平時零食或飯後的最愛了。如今每每經過水果攤，吸引我的總只是芒果和西瓜而已，品味汁多甜美的同時，再再重溫淺淺的鄉愁、淺淺的過往、淺淺的舊愛。

南台灣整年燠熱，孕育我早熟的年幼啟蒙。數年後，曾文水庫雄偉竣成，台北的翡翠水庫已積極開工建設，需才恐急之際，爸爸決定接受新職而舉家北上，幾回輾轉遷徙陸續在台北城內外的內湖三重松山新莊間，來回搬了好幾次才落腳定居，那年是我國小二年級的寒假末期、嗅不到新年味的農曆春節前後。

這數段南南北北、說不上顛沛流離的搬家旅程，似乎讓我更耽溺於疏離、隔絕的生命情調中，失根之感如厚牆高築，巍巍擋住通往幸福美滿的坦途。迄今舉家定居的台北縣，與首都僅止一河之隔，七路公車、一線捷運、三座橋、兩條鐵路編網交織，往返通勤極為便利暢達，這裡正是我的，新故鄉。

及至台灣六都成形，生命浪跡過的台南縣、台北縣，都已升格為台南市、新北市雙都，歲月依然靜好、如常。忽忽迷失在記憶的洪潮中，我意興闌珊地躑躅徘徊，感慨滄海桑田，怨嘆物換星移，光陰殘酷無情地輾軋過留下氤散的心情墨漬和年歲皺摺。我若有悵惘地來回踱步於那些鮮明而歷歷在目的記憶，它們距今也才不過三、四十年光景，幾幾乎強據我的所有，彷然綑鎖住不可割捨的兩代眷戀、比鄉愁還要鹹澀的無限想念。

我的七、八〇年代迴盪在寂寥的年輕心境裡，曙色蒼茫。

成長歲月中，隨著異地求學、調職升遷、旅遊休閒之故，巡遍各地的特色小吃，譬如新竹的米粉、貢丸，譬如彰化的肉圓，譬如台南的擔仔麵、棺材板，譬如基隆的天婦羅，譬如嘉義的雞肉飯，譬如淡水的魚丸、鐵蛋，譬如苗栗的客家粄條、……，屢屢深嘗細品，反而數度攪擾翻亂乃至融合了先祖家傳的飲食習慣，以致過去與過去、現在與現在之間產生斷裂，卻也隱隱牽繫了台灣本土／大陸外省的幾許藕斷絲連。

我尤其喜歡吃麵食和啃饅頭，確確承襲爸爸從大陸北方戰亂隨同撤退來台的家鄉味，我緊緊接棒了爸爸傳承下來的飲食信仰，幾餐內若沒吃麵、沒啃饅頭，不出幾個鐘頭就會狂餓，就像現在，午餐雖然吞吃了大碗家常牛肉麵、手擀粗麵條和辣炒的酸菜絲，整碗麵加上一個大饅頭唏哩呼嚕下肚，離晚飯時間雖還早，我卻已全身軟塌至無力，像過度幸福以致遭忌且廢去武功般地軟軟綿綿。

其實吃麵、啃饅頭這件事不過是日常普通的解飢飽腹罷了，但是正因為賦予家鄉味的獨特典故，而油生精神上卓絕孤高之意。其實有許多時候，我更懷念住在南瀛楠西鄉下的兒時，每餐必備的豬油拌飯和燙地瓜葉，這是一道、而且是唯一一道最美味而豐盛的主食。地瓜葉是院子綠圃裡媽媽親手播種、摘採的，熱水涮燙澆上醬汁後上桌，佐以淋上豬油的糙米配飯入口，香噴噴、飽乎乎。我很享受這樣樸實、全家圍著舊桌一塊吃的每一頓飯，雖是簡單，卻蘊含著家境刻苦裡親情的無限溫暖，以及最最深刻的，虔誠叩首感恩。

時至今日多所轉折，我的味覺與胃口也充分解除禁錮而廣納百食，舉凡陽春乾麵、肉羹米粉、客家粿條、鴨肉冬粉、米苔目等等隱居巷弄裡、路邊攤上的美食，花捲、潤餅、湯包、燒賣、刈包等等也成為我的最愛與必要。街口人聲鼎沸的夜市裡，度小月碗裡的擔仔麵上鋪滿蔥花蒜屑與肉醬，或是淋上甜辣醬、花生粉的肉粽，或是配著泡菜、酥炸的臭豆腐，或是蚵仔麵線上飄著的大腸，或是筒仔米糕、魷魚羹、鼎邊銼、滷肉飯、鹽酥雞、黑白切、蚵仔煎、四神湯、黑輪……，每攤每攤台灣道地美味所灌注的沁心爽胃與飽足感覺，連唾液也都不由得滾沸起來，那簡直像極黑夜籠罩的滿地火炬，通宵燃點、亮燦壯烈。我想我是愛死了這座美麗島了，我更踏實穩當地踩在這片土地，並且領受到比膩蜜還更深沉濃郁的愛。

然而我似乎是錯舉了象徵著外省人的標幟而屢有戒心。我總會小心翼翼地隱藏我曾經的閱歷，悄然融入鄉野江湖，不時展現我流利的閩南腔調，台語是我的自衛武器，更是保護色、護身符，巧妙掩覆「我是異鄉人」的痛疼與小小隱祕的罪惡。是的，自小跟著媽媽練就的滿口閩南腔調，讓人察覺不出我的來歷與出身，我悄悄全然卸下外省人的歷史桎梏、宿命套箍，躲在台語背後，一副台客模樣與之交陪、與之搏感情、與之度時過日混飯吃。

如今時越壯年，開始腹圍日粗、甜鹹忌口，籍貫的界線也越來越模糊，縱使對家鄉口味千萬想念而遣悲懷，亦是枉然。今時此刻，周遭散布浮花浪蕊般私情流言之際，我獨一人直兀兀地呆坐著，擎起筷箸，茫然地為滿桌佳餚的垂涎欲滴而無端禮敬，更被熊熊煽燃的國族情操而備感困惑。追憶往昔迄今，天依然蔚藍，風仍然清爽送涼，陽光依舊亮花花地教人睜不開眼眺向未來，只是我忽忽消逝、耿耿懷念的童年、少年以及青春呢？

我終該忠誠緊緊追隨、默默承受了爸爸傳交的血緣、乃至食飲、地域、信仰的世族遺產和家譜嗣承，像是兩人在田家政壇上的世襲、遞棒、繁衍。而人生路途上河南省封邱縣、台北縣新莊市、台南縣楠西鄉所拼湊、連結、合體的「河南省台北縣楠西鄉人」，永遠鑄進獨屬於我的大時代、我的巨流河、我的大江大海，甚至伴我終老離世、勇敢刻上碑銘。

我vs.省思

鏡對——五十觀我

「這是我嗎？」

我貼近鏡子，鼻尖幾乎摸觸到玻璃，雙瞳湊成鬥雞眼地仔細上下打量對面那個很像我的人，自己。

一

我、自己，兩個人，共處五十年了。

輕輕哈吐一口氣，熱霧在鏡面上游移、滲入、漸次染滿暈開，光滑而冰冷的玻璃裡藏著另一個相似的形體、另一個同質的生命。霧漸漸散翳，又重新清楚映現對面的我與自己的青春痘、魚尾紋、雀斑、牙垢、刀疤、鬍渣、眼屎、膿瘡與長相、談吐、穿著、舉止以及驚訝且淡淡的妒意，我不經意地打了哈欠，自己回應的絕對不會是噴嚏。

甚是尷尬，我與自己所有過從甚密的私交似乎都陌生了起來，連歷歷在目、清晰如繪的往事，都勾勒不出其概略的輪廓與來龍去脈。我忐忑不安的很，每一處的特徵、胎記、缺陷、惡習、贅肉，都準確地、維妙維肖地畢盡情狀。

我十分確定我沒有一個同卵異精、孿生的雙胞胎哥哥或弟弟。

我疾身閃到鏡後，自己竟也轉瞬消失了。我在鏡前鏡後鏡左鏡右尋不見人影，頓時慌了，揮拂不去的陰翳緊密追隨，仿然造化窺伺，不許如此戲耍，一怒之下將自己遣走。我臨淵履薄地回到鏡前，自己再次出現，我們有若隔世重逢，雖然無法擁抱親吻，但我卻真實目睹：自己的眼裡，卻泛紅著我的熱淚盈眶。

多年來自己沒有休歇、不曾間斷地跟我演著雙簧，我們默契奇佳，不用排戲預演也從沒有出錯過，我們像夫妻鶼鰈般恩愛，如兄弟姊妹般友恭，不僅現在此刻，乃至前世今生、一輩子。

二

我屢屢被自己催眠。

在此逼近壯年之末、中年之初的人生路口，擋不住歲月蓄滿風雨的侵襲之時，兩個對稱的男人，我和自己，在半醒半夢間，尋求崩解與毀壞之後重建的可能。

有時候，兩個對稱的男人，朦朧中幻夢著暗地裡偷偷作著一些性實踐的情景細節，譬如同性戀、雞姦、手淫等勾當，我們滿臉淫癡地練習著撫摸勃起抽送射精，期待彼此軀體的虛實感，會緊緊箍住彼此黏稠的汗水和慾望以共同追求享樂，期待彼此情慾的最極限，會密密纏著彼此聖潔的夢與灰燼而雙雙耽溺沉淪，如此生死相許得即使縱情不返也出軌在所不惜……

有時候，反正陋室獨處，喝剩的半瓶薄酒、一小碟丁香花生，就夠兩個對稱的男人一整晚的消磨，我們時而低聲片段地交耳，時而放聲高談闊論，用家鄉話聊著世事的變遷遭逢……

那種摸索、那種探尋，好似我們中間栽著一面偌大的立鏡在跟前，彼此模仿對方拿手專擅的市儈偽善、寡廉鮮恥。我挺立在鏡前，多麼希望我們是南轅北轍的不同，面對零零落落拼湊起來的形影是如此相似得分毫不差，我難過得幾乎不支，甚至落荒而逃。

我們都有一個、甚至一個以上、仿若雌雄同體般的靈魂，與愛恨情愁所複製、所演繹出來的臉顏形軀，像是影子始終跟隨著你，同受冤屈、揹罵名，共享榮耀、獲獎賞。這是天意，是天意詛咒降災我們擔負相同的宿命，就算隨意撥開任一糰早已年湮代遠的身世記憶，也藏有相同的腺體、骨骼、血肉；祖宗、家族、世代，乃至死與墓埋。

良久，我們深呼吸，讓澎湃起伏慢慢平緩下來，四周流淌著寂極的罕靜。離開鏡前，自己返頭逃回鏡子裡，只剩我潦潦草草圍著黑夜繞。

三

穿過灰光淹漫之巷，憑著記憶濛昏，回到童年。

時常趕村前廟口金光布袋戲演出的年紀，似乎離現在才沒多遠，最多最多只是藏鏡人一道光芒閃過的頃刻而已。

「順我者生，逆我者亡」的閩南語台詞，在童年那時幾乎是鄉下孩子們狐假虎威、自壯聲勢的口頭禪，許多人崇拜史艷文、苦海女神龍，許多人特愛祕雕、哈唄二齒，我卻獨鍾——脫離三教外、不在五行中，轟動武林、驚動萬教，萬惡罪魁「藏鏡人」是也。倒不是欣賞他有多壞多惡霸，而是被他始終藏在鏡子裡不現身、神祕莫測、來去無蹤的孤傲行徑所吸引。

我嚮往那種俠客義氣，時常在一大片鏡子前，拿著手電筒東照照西照照，學著如何「金光閃閃、瑞氣千條」，也扯著破布套在手上耍弄，戲著每一樁俠勇演義。我還特地找來迷《雲州大儒俠》的一大群死黨七嘴八舌地討論，集思廣益尋求破解藏鏡人的謎樣身世。

藏鏡人本名羅碧，西藏出生，其妻乃女暴君姚明月。他行走江湖始自交趾國東征先鋒大將、邪派紫玄觀超級戰將，師承紫玄觀、廣寒宮命運之神、雷光世祖靈昊雨、熾艦原母巫馬雲、黑潮大法師等，練就雷光熾爁、飛瀑怒潮、貫天虹、飛天在龍等絕招奇技。他因為因緣際會取得一面魔鏡遂得其名，習以光芒掩身隱體，鍛成超強功夫，恩怨分明，史艷文雖是它的死對頭，卻也曾是報恩的對象，他獨來獨往固然狠辣、善使陰謀，但敵對時絕不倚多取勝，更不用小人伎倆步數，冷靜不莽撞躁進，運籌帷幄時氣派非凡、威風八面。

「藏龍臥虎今懦夫，鏡裡罪容化成無。人情冷暖難回首，嘆留多少傷心事。」這闋詩句描寫藏鏡人風光之外的辛酸血淚，似也道出天涯行險的百般心境。戲裡、現實中，有些人在時代裡被構陷侮辱誤誣，仍掙扎著綻放些許正義光芒，若說日後我長大成人後所標誌的一點點謀勇，藏鏡人的功勞簿上應該記上一筆。

廟埕鄉間的神明野台戲，餵養了我幼童時空白的夢與記憶，被操繩手控的布偶，被設計成曲折詭譎的江湖險惡，無助於我懺首自省該如何演活真正屬於自我的自我。

藏鏡人真的躲在鏡子裡嗎？我天真的問著舊電視、問著戲棚下打盹的老師傅、問著急著長大的童年。

四

南台灣鄉下，全家曾經住了我一整個小學時代。

家裡懸著掛著架著三面鏡子。前門門楣上懸著八角形的鏡子，鏡面上畫著八卦符咒，是去土地公廟求來避凶擋煞的。廁所洗手台上掛著四方形的鏡子，白鐵框邊的，水露剝蝕得嚴重，每天刷牙漱口洗臉總要對上好幾眼。此外就是爸媽房間裡架在化妝台上、右上角還貼著「囍」字的鏡子了。

家本來就不大，爸媽臥房空間更小，雖是鋪著一室的榻榻米，但壁上的泥塊整片整片地剝落，剖腸露肚出一格格紅磚塊，地面太潮，所以用木頭墊高約一尺，上下床處的榻榻米已經因線頭脫落而屢須清除掉落的稻草枝屑，臥房唯一的家具擺飾，化妝台就安在床鋪邊邊。

我老愛一天爬上爬下好幾十回，當成遊戲。登上榻榻米就可以照到鏡子，媽媽幾乎每天都會低頭伏在那裡哭。媽媽喜歡哭、媽媽喜歡化妝是我年幼時對媽媽幾個較深刻的印象。

媽媽的化妝台前有一面大鏡子，上方是半圓形木質雕成的玫瑰花形裝飾框邊，兩邊墜著金蔥垂幔流蘇，紅漆底的，簡單素樸，是媽媽隨娘家伴來的嫁妝。左右兩個小抽屜，鼓鼓塞著的盡是胭脂、髮箍、梳子、針黹、帳單、小錢包、萬金油等等一些小東西，拉里拉雜、滿滿的，每次都關不緊。

那面化妝鏡，像是時光幽遊中通過靜滯如蔓草蓋覆之徑，來到桃花源似的，這端是媽媽青春年華的消蝕，那端卻塗著灰黑厚糙的水銀。

媽媽很喜歡化妝，愛在臉上塗塗抹抹、搽搽畫畫，她說化妝是給爸爸在外人前作足面子。我唯唯諾諾，也嚷著要學媽媽化妖嬌的妝，深不知媽媽攬鏡自憐時的幽怨。

媽媽總是坐在鏡子前面哭泣，哭花了剛剛上好的濃妝，還一面抓著台上的瓶瓶罐罐補著胭脂粉黛，我總是不懂她泉湧般的淚水起於何處、奔往何方。特別記得有一回我循著哭聲，欺近臥房，躲在門口不敢出聲，才剛探頭，便驚見爸爸氣急敗壞地一拳打碎化妝台上的鏡子，手背頓時鮮血直冒，嘴裡盡是不堪入耳的罵人髒話。媽媽啜泣抽搐著，默默蹲下身收拾破碎一地的鏡子殘骸，小心翼翼用報紙包裹著……。那面鏡子是媽媽每天自言自語面對傾訴、排憂解悶的對象，她兀自撿著拾著，竟哭嚎得像是親人猝亡似的。

那時，我也被突如其來的悲慟戳到內心，掩臉痛哭得比媽媽還要傷心，從此以後，好久好久我不再在榻榻米爬上爬下玩耍了，舉家搬遷台北前，化妝台的鏡框上始終袒露著襯底固定用的三夾板，絕少再照到鏡子了。

媽媽像一根失水的藻葉，在鏡前舀水潑濕，澆灌臉上青春歲月，以榮耀爸爸大男人主義下的虛榮。而青春變醜變老之前，她總在鏡前建構的烏托邦裡，用有限的精神心力維護她的家城堡，雖不致浸淫難返，畢竟是找個歸宿，只得認命。

媽媽常說小孩子別管大人的事，不過我彷彿懂了，過盡千帆，媽媽堅強忍著、甘願受著，守著還是一個避風港、小女人的夢圓。

五

我突然想到童話故事《白雪公主》中〈照魔鏡，問美麗〉的那一段，魔鏡魔鏡這個世界上誰最美麗，我一股腦兒擱下童書，搶先嚷嚷回答，「我媽媽最美麗」，媽媽，一朵寒天凍地裡釅冽的豔梅，無人可敵可比。

六

五代姚合曾賦〈詠鏡〉一詩，「鑄為明鏡絕塵埃／翡翠窗前掛玉台／繡帶共尋龍出口／菱花爭向匣中開／孤光常見鸞蹤在／分處還因鵲影回／好是照身宜謝女／嫦娥飛向玉宮來」，以為對生命之喟歎，讀來戚戚然。那是不知多麼強大韌性的生命之於女性的幽債，在那個男尊女卑的傳統世代，鏡子，只能是她們即使認命、認錯、認輸也只能向之自我傾吐的唯一對象。

空闉千百年來始終長夜寂寂，即使已經演進到文明現代……

七

日光成群鑽進屋來，千兵萬馬般灑滿室內煞是斑斕，門內熱霧水氣瀰漫，被蒸氣遮斷的女體，若隱若現，每週幾乎這時，她窩在浴室裡一下午，習慣會放了一池足以燙紅皮膚的熱水泡澡，把鏡子玻璃抹成一片霧面，等待我猥瑣地挑起性的想望，囫圇吞棗般進行貪婪的窺伺。

水從蓮蓬頭篩噴下來，她順著頸項、肩臂、胸脯、腰肚、背脊、腿肢、腳踝……往更私密處輕輕深探，搓揉起來的肥皂泡沫，淹溢了她橫陳的整個流域，她細緻地滌理像在烹調一桌美味可口的佳餚美饌，像在犁栽一園繁榮茂密的花圃草坪，而我則狂妄貪婪地在她身上搜索、攻陷並且占領我的屬地，春心盪來晃去，性的覓獵在一次次起義裡功敗垂成。

那裡陰濕灰暗，那裡淒迷腥羶。對於女人的婀娜姿態充滿詩意的色慾想像，我簡直放浪形骸到近似罹癌末期的無可藥救，立於隱遁與陷溺之間，亢奮地繼續覬覦著這塊上肉……

我很清楚，我看見的是讓自己繳出暖暖濕濕童貞的成長啟蒙，就算她不夠冰晶玉潔、不夠冶豔嫵媚，她還是完美無瑕的。

她是一面鏡子。

她真是一面鏡子，我瞠目在鏡子前擠眉弄眼，躡手躡腳地在一座養著濃蔭院落的莊戶、一座沸著濤狂波湧的湖潭前，逡巡我的禿禿的青春，她身體所圍成滿室的濃密、森嚴、蠻荒，豢飼我懵懂間犯下的罪愆。

我需要救贖與宥諒。

年輕的跨越，這一次邁了好大一步。

八

我太恐懼被一舉揭破真面目時的倉皇侷促。

所以每每就著鏡子妥適藏好每一種性格，用最潔癖的檢視標準一而再、再而三打理後，才敢跨步出門，尤其是遠行。

我在旅行時，總會隨身攜帶的羊皮筆記簿裡就嵌著一小面鏡子，它與妻的相片和情愛離合相鄰、與我交遊廣闊熟識的友人姓名電話地址 email 和友誼相鄰，也與親筆手抄的〈般若波羅密多心經〉和罪恕懺悔相鄰。

在流浪到地球另一方的每個異鄉時，下榻歇息的每個驛駐，我都會攤開筆記簿，隨意簡略記下行旅間值得留念的事，外頭即便是雪狂雨疾或是夜惡日暑，前頭擱著濃咖啡或烈酒或高尼古丁菸相陪，這段偷閒真夠奢侈，好冗長的空白，足以反思益愈蒼涼的中年景況，曲終了、歌啞了，地老天荒最後是一播廢墟拱土。

闔上筆記簿，每段旅程都與鏡子一同鎖入記憶。記憶，黑魆魆裡竄出來的幾絲光線，特別刺眼而印象深刻，所以值得記憶，不僅值得記，更值得憶。

鏡子內藏著記憶裡深不可測的祕密，遼闊而遙遠、華麗而冷寂。

我時常對著它忸怩作樣，要不斜眼歪嘴，要不做鬼臉裝可愛，身體擴展時，彷如立於懸崖邊，命運緊緊綁住身體有如魔咒降禍般，高舉雙臂直想往下跳。而身體縮成一團時，則如功敗退逃的穿山甲獸，蜷著硬冑護衛小小、孱弱的自尊。

望不盡底的深淵黑井避在鏡子後面，沉默冷靜地讓人駭怕，一顰一笑、一怒一樂，甚至是倉皇輪轉的悲喜歡哀，都是複製得那麼恰如命定。

行旅一程復一程，我終於看破那個虛構出來的破碎分裂的世界所對應的，是另一個真實的更虛妄分裂、紛亂破碎的世界。

九

整條街罩滿喧囂。

城市邊陲，有如渴極所發現的綠洲。

遠遠近近密布的高廈廣樓像彩色積木堆疊，被燄烈炫目的日光反射出新的荒涼景觀，新都會、新人類、新種族、新部落、新……

天空沒有一隻鳥飛過。

我總是那樣不自主地穿過人群，提著夢想、貼著街邊左彎右拐，匆忙的從這一個約會趕赴另一個邂逅，人來人往車水馬龍，全被複印在街衢間櫛比鱗次的大廈所聳立的玻璃帷幕上。

不，應該說是這些大廈的玻璃帷幕折射出整座城市的冷酷面貌。

我的城市生活不再只是遷徙和繁殖而已，我還必須學會政商批判論述、情色教義、占星面相術、廣告文案、旅行經驗、市場騙財學、獨家小道消息、八卦舊聞、性史內幕、謊，然後秉著這些僅僅皮毛常識的本領，進行都市叢林的狩獵。

每個陌生、擦身的過客向我遞換名片，獻上頭銜或展示權貴，有的是林董、黃總之類的高層上流，有的是沒有職稱卻掌管重要關卡的顧問經辦，名片是鏡子，一眼映照出你的虛實輕重。我總恭身雙手接受每一面鏡子，隨意瞅兩眼，然後裝進名片夾裡，並且禮貌地雙手回奉我精心設計印製的鏡子，「您好，請指教，我是詩人」。我堅持「詩人」這個多數人無法冒用的身分，那是一種近乎藍鬱的保護色。我每每小心擦拭這面鏡子，保持著最光鮮亮麗，以讓別人聞不出惡臭、看不穿醜陋、聽不見嗚咽。

其實說來悲哀，無論達官或市井、尊爵或布衣，全都是娘胎懷孕十月生下來的，我真是弄不清人脈網絡裡，人和名片之間所糾纏牽扯的是是非非、風風雨雨。我們乖乖縮在鏡子裡映照你我他，一切世俗逕自殘酷地顯影在現實社會，真是如此啊，我們在染缸裡清洗乾淨、也在染缸裡混染得更髒。

河北名人魏徵係唐初政治家。隋末參加李密的瓦崗軍起義，後隨李密歸唐，又為竇建德俘獲，任起居舍人。竇建德死後，他為唐高宗李淵太子李建成信重，任太子洗馬。玄武門之變後，李世民即位，喜他直率，擢為諫議大夫。他好犯顏直諫，前後陳諫二百餘事，深為太宗器重，遷為尚書左丞。

魏徵常勸太宗以隋朝滅亡為戒鑒，認為君好比舟，民好比水，「水能載舟，亦能覆舟」，必須「居安思危，戒奢以儉」，諫以「任賢受諫」等逆耳忠言，「薄賦斂輕租稅」等良策國政。魏徵死後，唐太宗思念懸憶，嘆息道：「以銅為鏡，可以正衣冠；以古為鏡，可以見興替；以人為鏡，可以知得失。魏徵歿，朕亡一鏡矣！」

捧讀著《貞觀政要》其中篇章，我累句逐字念來甚感悵惘，相比人鏡之魏徵，自覺輕浮委靡膚淺而多生自暴自棄，這身寵溺猥瑣的本性實在難以成大器，更甭提立光宗耀祖的偉大志業了。

此時此刻，正好衣冠，人生下半場才剛要敲鑼上戲，我淡妝演出，衷心期盼一切別為時已晚。

以銅、以人、以古也罷，我需要一面鏡子。

我 vs. 生死

北城突圍——致祂、貴人

初春日陽燦耀，冷氣團侵擾餘威未歇，時暖時寒的，倒是元宵年節喜慶仍歡悅簇擁圍著北城轉。踉蹌退出診間，晴空乍然劈了個霹靂閃雷，但窗外的路上人車雜沓來來往往依舊，全然不覺異象，只有我清明聽見、看到。

我撐著餘力靠在梁柱旁，勉力滑開手機螢幕，點出簡訊功能，在通訊錄上選了多位雖非至親、但交情甚篤的友朋姓名，顫危危向他們道訴剛剛發生、驚天動地的事：

我今天交了新朋友——生命裡最值得禮敬的貴人，祂教我謙卑、省悟、寬恕、樂觀以對，祂教我全然放下，而我懵懵懂懂，才剛開始學習。祝安好。

緩緩步出醫院大廳，迎面灌來寒流強勁的冷颼氣旋，我立起衣領、蜷窩在街邊巷口，像個流浪漢、局外人般地無助望著車水馬龍、熙攘喧囂。適巧，救護車喔咿喔咿自面前疾駛而過，急催的警笛嗚嗚，湧入手機裡噹噹的簡訊回覆聲中，我猛然回過神，一邊領受友朋們不知內情卻投以欽羡的俏皮嘲謔，一邊卻手忙腳亂地整理著思緒糾結，腦中反覆咀嚼著剛剛主治醫生那幕無情決絕的宣判——他表情嚴肅、語調平順，像在威嚴地宣讀著朝廷疾馬馳送、敕勒布頒的聖旨……。我唐突慌張接旨，驚訝地當下無以自處。向晚時分餘暉甫沉，夜黑洶洶闖進，我真真無以自處。

簡訊裡其實沒清楚點出「祂」是誰，也沒說明「貴人」何以如此神通廣大；有些朋友不明就裡而特別好奇，也想頓悟開竅受教，還要我徇私引薦認識，我真是哭笑不得。

祂，正是一場危及生死交關的大病巨痛；貴人，則是主講這堂必修的生死學的紅牌名師。祂、貴人，在醫學系譜上的正式學名：鼻腔癌、頭頸部腫瘤。

我真真無以自處。生死學還未開課，我已開始倉皇布局著如何能隱姓埋名於北城市井之間，如何能雲淡風輕而清心寡慾的離塵索居，排除所有干擾牽絆，以與祂長期和平共處。索性關了手機和臉書、撤下e-mail與line，彷如山頂洞人般自我禁錮在北城一角，封斷所有聯外音訊，噤聲、無語、甚至沉默和冷漠，除了家人主動垂詢近況而據實以告外，誰也不知我的北城裡新發生的巨微演變。

當晚起，我一連失眠了好幾夜。

好幾個整晚，我雙眼發直凝視著聳矗面前的「恐懼」那堵牆，提防著那堵牆會突地轟然倒塌，壓垮我無可逃躲的、窄仄狹促的蝸居斗室：我私有的北城。我的北城家徒壁立、清寒蕭條，卻是面對這場病痛戰役，臥薪嘗膽、勵精圖治的復興基地，也是持久抗戰、絕地禦敵的反攻堡壘，這方淨土豈容恐懼肆無忌憚地染指、殘害。

其實我真是恐懼、我真是無助無援，遙望無盡的蒼茫遠方而手足無措。我只能讓自己沉澱澄靜下來，自我告誡著：要以樂觀正念緊緊守護著我的北城，勇敢不害怕，在往後的每個夜深人靜裡自立自強。

腫瘤切除手術是立即開課的生死學第一堂。

還真的多少有些遺憾，才初識不久的這位貴人、祂，就將動手術割除，以徹底與之割袍斷義、寡情絕交了。我與貴人祂像孿生連體嬰般緊貼著，併躺在五乘六平方尺的病床上，一起推入開刀房，展開風狂雨驟般的生命格鬥。其實在北城攪起的這場風雨之前並不寧靜，血壓血糖飆高、心電圖異常在在警示著戰況可能激烈、勢必膠著，就在鼻子被套上氧氣罩、吸入麻醉藥後，不知不覺中我便潰然失守了……

大病巨痛成群結隊擋在我的壯年期前，攔住青春紛擁向前，催促夢想快速衰頹，逼著正面遭逢各種病情的無由撞擊、甚至全面瓦解崩盤，並在一夕之間就摧毀、推倒我累積數十年歲的漢子硬頸個性。我不敢怨天尤人沒有悔恨，也不咬牙切齒埋怨咒詛，即使手術後紗布和血塊還堆疊在鼻腔的雙隧裡堵住呼吸，即使麻藥與劇痛還在臉上蜿長如鍊的傷口上左右拉鋸，即使……，懵懂恍惚間，彷然聽見主治醫師宣布第一堂課：下課囉！

這堂課上得真是驚心動魄、一路柔腸寸斷。

推回病房，鼻胃管、引流管、尿管、注射管各式管路已纏縛蔓延在我勝敗未定的戰後。病床上我形單影隻，無法翻身、起身、分身去追索貴人祂脫逃的蹤影，確認貴人祂是否真的離開了我的北城，病歷登載或檢驗數據上的每次爬梳判讀，都無法驗證手術後的真相，我只能持續陷溺於自我修行的禪法儒學佛事聖典，預習曲終人散前的繁華過盡。

深夜，每晚都定時襲臨我的北城。我的傷與痛，總留到深夜才獨自品飲，我的禱詞與祈言，總留到深夜才獨自囈語；而白日，則是我仰望病房外藍天窗景，渴望重獲自由的小小出口，我趁著白日修補壯志、填足士氣，迎戰每回深夜和病魔攜手合力的侵擾。那些明目張膽的、盤踞病房周遭的恓惶驚懼正勾黨結派、蠢蠢欲動，終日圍著我朝夕相處的北城，鬧著我無法好好靜養好好睡。

遵依醫囑，手術後的療治之旅隨即展開。旅程每天準時自北城邊隅輾轉換乘進城，來來回回以逐日按表執行三十三次放射線照射、六回化學注射的療程，高劑量、高濃度、密集的身體磨難，都在抗阻乃至消滅癌細胞群起侵肉襲骨地在臟腑間攻城掠地。這時日漫長的攻防，確確然，這真是見不到邊際、望不盡終極的長期抗戰，短則三五年，長則一輩子，不可放棄、要堅強、要勇敢，我向自己立下毒誓重諾。至於那些能夠放聲嚎啕的慈悲，我都不想用哭來訴說，獨一想做的是擊倒高高矗立在眼前的病魔，憑一己之力，每一次的一己棉薄之力，像武將勇士般力搏、戰勝、凱旋。

北城內外原留有我涉踏時光田野的足跡，現在恐怕已被病痛隨興拖曳軋過的轍痕所覆蓋。這一道一道轍痕愈明顯深刻，我心愈慌，我等待著有更福報清明的救贖剛巧路過，帶給我病情好轉的小小確幸，我當心滿意足。

忘了誰說過還是寫過的：人生之途終有竟，我翻山越嶺、我鑿洞闢道，以求抵達生命可能的邊陲，但即使越遁越遠，遠到就快要抓不住回憶，眼前依然寂然荒涼，我的北城究竟該坐落在哪裡繼續流亡？我又該如何突圍而出、反轉戰局？

歷經繁瑣療程的幾多摧殘後，種種副作用有若蝗災過境般在身上恣意摧枯拉朽。體重逐日劇降、體力逐日衰羸，味覺嗅覺唾液腺……逐一離我遠去，鬍子頭髮鬢毛……也相繼與我告別，我在每頓食不下嚥的餐飲裡，找尋昔日的酸甜苦辣記憶；我在每天滿手落髮的鏡子前，拼湊前時的俊美容顏，不斷複習再日常不過的生活功課，不厭其煩地不斷複習不斷複習……，直到恢復以往的熟練和習以為常。其間，直落達二十餘公斤的枯槁削瘦憔悴，如葉果落盡、枝幹嶙峋，烙印在身體每一寸肉骨膚皮上，如刺青、似瘡疤般，時時刻刻提醒這段所思所憂所望所懷的生死所來徑，其沿途景致有多麼刻骨銘心呀。

我繼續藏躲在北城邊隅養心療身，一片一片、一塊一塊拼回罹病前的人生大圖。我的北城內零丁雜物四散，洋鐵罐口磕凹的亞培葡勝納、蘸滿血漬的針筒粉劑、療止劇痛的嗎啡貼片、過剩棄置的數包藥袋、排妥晨午晚夜四格的藥罐子，以及詭譎瀰漫的死氣沉沉。屋裡拉下深簾，無戶無牖才合心意，遮擋陽光許以向黑暗傾訴，這樣的北城，最適合受傷的靈魂居住。北城裡，我就是我自己的神主牌、我就是我自己的護身符、我就是我自己的救世主。

啊啊，黑暗中，我祈求著貴人祂別再剝奪我所剩餘的乾癟，別再劫搶我所僅存的虛孱，請留一口氣讓我喘息安頓，我還有詩歌之願未完、還有文學之夢未圓、我還想繼續書寫呀。

我還有氣力書寫，可以寫出比生死更堅強的內在凝視，可以見證一段自我療癒的重生心酸，或是描紅這部生命大書的索引備註，以讓後繼來者按圖索驥，循線攀石踏澗也能歷險平安歸來。然則此回病程、這札病歷必須是簡潔、確切但不能太感情用事地註下臨場筆記，那才是往後尋憶作傳的重要史料。特別是手術後，手足沉定、眼明耳順、腦無傷，暈眩中遲緩地聽音辨字，我堅持自身擬寫的傳記，必須是決意以文學的美質而完成一種致敬。

好些天我關在北城裡，再回過頭來觸摸撫摩這些生命紋理，反覆修改刪增這些紀念文字，簡直就像與死神的微笑再度面對面，既迷離又顫怖、既驚懼又怔忪，此生由來在一逕向老、摩頂接踵的長長時光隊伍裡，安分守己地演繹自我，連成師成佛成聖的大願都未敢多想奢求，現僅僅願成一小夢：佑我康健，但盼上蒼憐惜予成全。

療程終告一段落，所有醫療的手段都傾囊用盡，後續復原景況就端看個人造化了。自此，貴人祂就像纏縛全身的刑具，隱藏版的手鐐腳銬，繼續凌遲而不願就此鬆綁釋放。我馱著這些無形卻沉重的負擔，獨走人生長遠路，真要追問：究竟需要儲存多少喜樂的靈糧，可以交易幾年哈利路亞？究竟需要化緣多少虔誠的缽米，可以換得幾年阿彌陀佛？

走過這趟險路，天堂地獄兩極仍都近在咫尺，向左往右都舉步艱難，我雖是過來人，慷慨說說、激昂寫寫過去事，神情一派優雅似顯雲淡風輕，但我知自己仍在病痛苦海中沉沉浮浮、浮浮沉沉……

噩夢一場猶未醒，人生勝負還難料，醫生交代仍還要再歷經核磁共振、電腦斷層、全身骨骼掃描等等一連串的複檢以作追蹤，月月小診、季季中診、年年大診，還要再揪著心等待下一道、下下道聖旨的病情宣判。

這細小如蚤、巨大似獸的病痾瘍痛，咬齧並斲傷我的青春我的世界，我身心俱受重創，脫蛻的體殼提早告別了生死的戒嚴年代。至此，我猶在北城內外不時地進進出出，奔忙著療程的後續幽長旅程，無暇他顧城裡的迤邐風景，在生命歡歌與悲啼的夾縫間尋求突圍之機，甚至翻牆越界去探找另一座、某幾座也在荒涼癌症困境裡奮力突圍的北城們，跟它們互擁取暖、擊掌加油，堅強面對病痛，鼓勵去競取專屬自己的生命勳譽……

北城裡風雨停了、陽光終於雲開露臉了，我素昧相識、卻有幸同行的這些北城們，我們一起勇敢突圍。

拿手菜——吃喝食飲教我的事

整齊擺上一套碗筷匙叉，拉開椅子恭請上座，面對如此神聖每一頓飽飯，其實我只是想呈獻幾道最拿手的家常料理而已。無關廚藝、無關色香味、更無關好吃與否。

我向來笨頭笨腦粗手粗腳，鍋鏟碗盆、煎炒煮炸、醬醋糖鹽、切刨剁砍之類的百般廚事，不僅耍得我手忙腳亂、忙得我團團轉，這般挫折更總是趕盡殺絕我堅毅面對職場艱難時那般傲骨的，威風凜凜與高昂鬥志，但我總是愈挫愈勇於操鏟、愈折愈敢於下廚。

每每鼓起勇氣進了廚房，面對料理台上鋪陳宛如長城萬里的魚肉菜豆、蒜蔥椒薑，毅然擎起了刀、落了砧板，魚肉剖了肚腹、菜豆切了葉枝，每每倍感茫然及無所適從……。而每每決然開了爐火、掀了蓋、下了油之後，雖略有猶疑但已無退路。一陣兵荒馬亂，烹調戰事終告甫定，起鍋入盤的菜餚，香噴噴熱騰騰上桌，竟絕少勾引起食者口慾而多成廚餘，更每每無端領受英雄氣短之寂寞悵惘。

唉，還好賢妻廚藝名不虛傳，廚房是她的天下，我則遠庖廚久矣，早將鍋鏟鄭重移交給太太全權掌理而收山歸隱，即使偶爾路過廚房，也僅僅是幫忙擺擺碗筷、端端湯菜、添添米飯的跑堂僕役雜事呀。

人生不過柴米油鹽醬醋茶、酸甜苦辣鹹，做菜的事我插不上手，當然，拿手菜也就愈來愈生疏、愈來愈只能拿在手上而不敢大膽下注出牌囉。

蛋：同心的圓滿

早些年單身獨居之況，難免親自上陣下廚以求解飢果腹，我最拿手的、真正可以端得上桌炫耀的菜，都是以蛋為主。特別喜歡蛋，有個自我瞭悟的小哲理：每每揚起蛋，敲了鍋沿，殼裂了，順勢分兩半，蛋汁滑入鍋，蛋白內包著蛋黃，圍成同心圓。我總不忍心戳破它、拌攪它、翻弄它，靜靜看著它由透明熱成白，守著一種圓滿。

蛋呀，舉凡拌炒菜脯、九層塔、番茄、培根火腿、胡蘿蔔絲、蝦仁等等小小變化的簡易菜色，這些都是我微薄能力所能展現的了不得的廚藝。雖不怎了得，但草草一兩盤田式蛋料理，配上米飯或麵條即可飽餐，營養足、夠實惠，恐還可博得養生之譽、實收減肥之效。

近年對蛋料理的鑽研考究更為忠誠迷戀、走火入魔，為了餵飽自我的心，每餐必蛋，蛋包飯、蛋炒飯、滑蛋燴飯、茶碗蒸烘蛋、蛋花湯、苦瓜鹹蛋、皮蛋豆腐，乃至雞蛋糕、蛋餅、蛋塔、蛋黃酥等千變萬化、五花八門的各式蛋品，琳琅滿目羅列桌上眼前，迭攻屢戰緊緊擄獲我舌上每一朵盛開綻放的味蕾……

當苦思變不出蛋的花樣時，我總勸自己說：直接就煎個荷包蛋吧。

我還記得那個同心的，圓滿。

粥：簡簡單單

出門前，我總是在爐上候著一鍋粥，以備深夜加班完回家後暖心、飽胃之需，這是一整天闖蕩都市叢林、陷身職場戰鬥後，用來獎賞自己的戰利品。清粥，米粒軟爛泛白淨底的，簡簡單單的，無論稀稠，堆一些肉鬆魚酥、麵筋豆棗、菜心醬瓜，唏哩呼嚕吞個兩碗，一掃白日煩憂，連整個半夜三更也都跟著簡簡單單地美味起來了。

爸爸幽幽說著往事，河南老家裡每逢黃河氾濫改道，舉村往高處暫遷避災時，傢伙食糧來不及帶上肩、豬隻雞鴨來不及牽著逃，只能將米捲成一長條帶，直接捆在腰際，簡簡單單一路上山。山上茅草搭的臨時柵寮裡，張嘴吃飯人多、米有限，惡水洶湧似無早退之跡，勢必要衡量斟酌地省著點用，煮粥是無奈一途。鍋大水滿，倒些米、摻些地瓜籤、和些五穀雜糧，米煮得特爛，實在稀得可以，生逢亂世的顛沛流離歷程裡，能來上一碗稀粥，那是佛陀恩賜、是耶穌聖予、是先祖布施的，一家人躲著風雨飄搖，珍惜地仰首喝著飲著，眼淚直往粥裡奔。

爸爸晚年中風已半身不遂，只能進食流質湯羹之類，煮粥的重責媽媽理直氣壯地當然全扛了。煮粥是小手藝，為顧及爸爸的健康復原，每每搞得像辦滿漢全席，媽媽總會以大骨熬湯當底煮粥，其內加虱目魚肚片、五花絞肉、蚵仔、高麗菜絲，燉煮些時後，再撒上芹末蒜酥、澆些胡椒粉，這碗濃稠而滿溢的台式鹹粥，媽媽三兩下、簡簡單單搞定，儼然宮廷筵席大菜。爸爸頹坐輪椅上，斜著身、歪著嘴，一匙一匙吃得津津有味，眼神炯炯透露著簡簡單單的幸福，緊抓著媽的手、感恩著她不離不棄，還乞著要再一匙。

魚：自由自在

我不喜歡吃魚，是小時候被魚刺卡喉送急診、所綁架迄今的夢魘害的。那時初嘗紅燒吳郭料理，媽媽已用心剔出粗刺，但魚肉裡還是埋有暗器，無由傷了喉嚨淺處，重咳不出、硬嚥也不是，進退維谷。

不過是根魚刺吧，見大人們手足無措忙著將我送上救護車，我卻惋惜著那條魚的身世、想像著牠曾經的自由自在。

年初，我無端罹患重病，手術後需要長時間的療養，醫生推薦可多吃魚來補充營養，媽媽與妻便主動爭著料理。她們知道我怕刺，無刺的多利魚、圓鱈、潮鯛、秋刀魚、一夜干、海鱺等便輪流游入病房，香味撲鼻，勾引著口慾而食指大動。我被病痛五花大綁在床上，僅靠上半身的挪移勉為進食，頗為艱難。我就好比被圍困的魚，猥瑣地洄泬在窄狹池缸裡，巴望窗外藍天白日，嚮往著悠游大河瀚海的自由自在。

突突然想到張愛玲，她在《紅樓夢魘》提及「海棠無香，鰣魚多刺，紅樓未完」，以此為三大恨事。我一直遺憾著、恨著還未被鰣魚刺過。

湯：一碗海

席間杯盤狼藉、觥籌交錯，妻起身挪了挪湯碗的位置，積極勸著大家：拍謝，菜準備得不好，不過沒喝湯，飯吃再多也不會飽喔。她為著最用心料理、最後才端上桌的湯品露露臉、拉拉票，期望贏得在座的青睞而能動瓢匙勺舀一嘗，即使用餐到最後，口齒舌間仍可留著湯香……。席閉人散座空，湯，冷了，也被冷落了。

湯，真是一碗海呀。因為用心料理，妻突地頓悟了湯的真義。

無奈收拾著餐盤，妻頗為感慨每頓飯總留下湯獨守空桌，直嘆這碗海太遼闊曠遠了，遼闊曠遠到連海裡是苦瓜排骨酥、枸杞羊肉、味噌鮮魚片、蛤蠣冬瓜雞、四神或是佛跳牆、羹也不顧其澎湃、其洶湧，可知再家常不過的番茄豆腐蛋花，也見其小小波瀾、微微漣漪呀。湯總是桌菜配角、總是排在美味人生的最末位。

海裡驚濤駭浪的這些年，有些人來、有些人往，桌上陪吃飯的人也驚心地換了、少了幾個，喜金奠儀空換一樁悲歡，多所感慨不勝唏噓呀。妻把湯熱了，我一股腦兒把這碗海，全部喝進此生今世，一滴往事也不剩。

素食：感恩惜福

爸爸十多年前先離席了，走得安詳寧靜無罣礙，恭謹奉厝在南港國軍公墓的忠義塔裡。全家齊心發願為他茹一整年素，將功德迴向給獨自在歸返旅途上的爸爸，願他一路好走。

因此那段守喪期間裡，吃飯時間只找素食餐廳、逛市場只巡素食攤位、買罐頭只認菜心麵筋醬瓜，甚至還買了四、五本素食食譜，親手下廚做素齋羹菜，就連豬排雞塊、鴨賞鵝掌、魚片蝦條，也能仿其口感形狀而燒出滿桌好菜，屢屢讓人食指大動、下箸如啄。怎知食素多時之後，竟也漸漸滴水沁心地迷戀上了，甚至為素食的益好之效而投身無私宣揚。猶記當時，初食只為還願，即今，已蔚成慣習，而如偈言醒語般的古諺「平易恬淡，不味眾珍」，幾乎已是生活信條、飲食守則了。

也因此，發現周遭有越來越多的人也吃素，或為了瘦身減肥、或追求健康養生、或因由宗教信仰，甚至是響應環保等原因，而遠油多鹽重、親蔬爽果甜，棄葷腥、就素淡。大家時而聚談、時而共餐，交換欣賞各自屯墾的一片清心田畝，若說因此養心靜性而神清氣爽、青春不老，全拜素食之賜。

爾今，每食一米一菜一豆一菇一瓜一果，口口入腹都喚起惜福感恩之意、謙恭禮敬之心，你我聞、嗅、嘗、觸，悠然過著無肉食生活，在簡單樸真的日常時光中，期望得以從食慾逐日猖狂妄行的餐飲之旅裡，稍稍打撈起、贖回來某些逐漸遺忘的素白記憶和明潔情感，那是換不到、喚不回的恩深義重。我吃素、我思念父親。

寫著寫著，妻端上一碗浮著蛋花、沉著素魚漿的粥湯前來慰勞，我真是喝得熱騰騰、暖呼呼的。然而吃喝食飲這件事，我沒有要征服美食的決心，我也無挑戰佳餚的壯志，在國宴家筵上，更尋不著我晉身烹飪達人的淑世理想。碗筷匙叉齊整序列眼前，我坐在桌前癱軟著，彷然面對著長敞無盡的荒涼公路，味覺想必也旅途勞頓，即使肉身還淺淺餓著，生命卻都飽得心滿意足了。

恭謹面對如此神聖的每一頓飽飯，其實我只是想讓嘗過我的拿手菜的人，都願以口舌抵死與之交融、與之共鳴、與之纏綿。無關交情、無關藍綠、無關你我他、更無關愛恨與否。

洞孔

真如氣象報告預知的來勢洶洶，颱風甫挾著八級強風自海峽間掃掠捲颳而過，半座島嶼籠罩在威力範圍內，只剩下中央山脈以東、巒峰屏障的那半小塊平原尚未捲入，輕微的像是適逢插秧播種期應下的及時雨。

電視螢幕上那個漩渦形的洞孔，始終盤據在氣壓線圖上，颱風眼行進的路徑蜿蜒彎折，蓄著澧盈的水氣猛撲而來，首先傳來的災情只是積水淹泛及膝區區而已，才一個下午光景，新聞快報便 LIVE 轉播說是惡水已經覆過堤頂，向民家村鎮肆虐而去，記者赴險划著救生筏深入災區，巡過幾部已經滅頂的車旁，指著白牆上的黃土漬跡，印證水勢的兇猛狂暴，更像要一口吞掉整支麥克風似地急急呼籲：一層樓已經埋在水裡了，民眾請盡快遷往高處避難云云之類……

整個城市全浸泡在洶湧突至的水患裡，以及螢幕上襲臨的那個駭人的洞孔中。

大水濁濁，一定是什麼地方的洞孔給堵塞住了，拔掉塞子應該就可以順利排放了。雨仍未歇，整天濕漉漉地逼得直摧木腐材霉、心煩體恙的。

那一窪積水，是滂沱豪雨侵襲城裡所留下來的，長年因垃圾塵土淤積，早已喪失排水導洪的功能，雨只要稍微豐沛一點，總是會先淹漫那一窪。

風勢雨勢轉緩，水漸漸退了，原先那一漥積水是埋在柏油瀝青覆蓋大半、連接地下道出口的洞孔，圓形鐵蓋子密實蓋著，留兩個小孔用以支撐而掀拉開來。上個月鄰里附近的電話線被工程隊挖斷了，幾個工人便是撬開這塊鐵蓋，魚貫進入洞孔內查看檢修的。

洞孔下的地底漆黑一片，沼味陰霉腥噁難聞，網織交錯著四通八達的下水道，左彎右拐地彷如軍事神祕戰道般，在城市的車水馬龍下挖掘開鑿。溝壁上零散勾掛著電線、電話線、電纜、光纖等纜索，一條條一捆捆纏糾著，紛紛向洞孔的黑暗深處蔓延，而黑暗更深處除了仍能聽見潺潺淅瀝的流水聲外，就是成群麇集的鼠蟻蟑蚊。

鼠蟻蟑蚊占據整個地下道，前一陣子水管被挖破而積水盈尺，水一滿湧，牠們竟蜂擁自洞孔隙縫間鑽出來、四竄逃離。我彷彿又看見成群撤離往高處避難的民眾，自城市的每一處洞孔內鑽出，蜂擁如鼠蟻蟑蚊般逃離……

＊＊

曾有這麼一樁悲歡，在童年演著。

巷底沿著圍牆和老屋後壁間，窄促的甬道爬滿蕨藤及一些繁殖力強的草本植物，轉過牆外晦暗不受日照的角落，腥臭塞堵的棄溝邊，側身走兩戶人家之遙，蹲下身，臉貼著斑駁而青苔滿布的壁上挖鑿的洞孔，睜瞪著眼，視線躡手躡腳地穿過這洞孔，在緊鄰著路衝的那片水泥地上搭起的棚架內，好奇地搜尋著死的節慶。

喪棚裡，素菊、白幔飄飛、哭布置了整個殯禮。

她靜靜躺臥著，彷如一尊觀音菩薩濛描著一圈薄光。

十多天前，她投水溺斃後便被安厝在這裡了，據傳是為著私生孩子而屢遭嘲諷、負氣含恨自殺的，親人趕到現場時，個個崩潰地哭天搶地、傷痛欲絕，就在那時她竟然若有所意地讓七孔流出污血，所有圍觀者霎時都不知所措，驚訝地傻愣住了。

雙眼、兩耳、二個鼻孔、一張嘴，七個洞孔，死亡的最終出口。

長輩總是一再叮嚀我千萬別靠近喪家，好像那是多麼骯髒穢濁似的，更是繪聲繪影地告誡著：要不然小心晚上會「被鬼抓去關」喔。我總是好奇地、戒慎恐懼著生人的撞見，還得提防厲鬼的欺近及攫緝。整顆忐忑的心躲在不規則形的洞孔後，親睹這一場祭祀。

案前端正擺著她的遺照，陰鬱的那種慘黑灰色，招魂旗幡然又織著光影與燭煙，折晃出龐然魔魅的陰森氣氛。所有的哀慟在唸咒、敲鐘、行儀間嬝繞，幾巡誦經灑酒，金紙也燒得將燼，釘棺後她將被推進死亡的那個很深很深、永遠攀爬不上來的洞孔裡。……

我真的是怕了，未等到儀式結束便一路逃奔回家。我彷彿憶起洞孔外最後窺見的，竟然是在這烈日熾襲的正午升起滿天落霞暮靄，血紅色裡泛著白光，這樁悲歡的一切說來更靈異難解了。

＊＊

穿廊過弄，蜿蜒於老眷村的深巷，低矮錯落的屋簷一片片疊壓著，窄仄彎曲的小徑，我縮頭躬腰地在迷宮裡打轉前行，有時閃躲著擋道礙路的廢銅破鐵，有時撥開曬滿竹竿的潮溽衣褲，也與整頭白髮、神情呆滯的乘涼老嫗擦身，和叫賣包子饅頭的山東攤販交目，還得注意隨時都會竄出貓狗的驚擾，手裡拽著抄了詳細地址的片紙，對照著沿途不連號的門牌，尋找多年前遷離的舊居、想像中的童年。

就是這裡，生命荒蔓地圖裡曾經遮風避雨一整個童年的違建家戶。

早年屋前砌的矮土灰牆已然坍塌，紅漆剝離的兩扇對開的門森森掩著。我掏出一大串鑰匙逐一試著，對準喇叭鎖圓形的洞孔插入，向右轉扭半圈，喀答一聲，往前推門，曠廢多時的整座殘破院落赫現眼前……

這個似曾相識的空間，藉由洞孔開啟，連通另一個似曾相識的空間、另一個與幼時記憶榫接的空間。

結束這次尋鄉之後，從落後與破敗間，我搭捷運換乘接駁公車，穿越繁華與塵囂，回到位居城市東區、二十層高廈第十五樓的家。這才發現隨身攜帶的感應晶片掉了，無法開啟門而不免怨艾自己的糊里糊塗。

僅僅隔著扁平方矩形（以插入晶片感應開啟）的洞孔，便一刀切割開原本連通的兩個空間，我硬是被排拒在日常進進出出、再熟稔不過的門外，譬如前世、恍若遊民。我雖然強烈地自責，但也懷疑洞孔所延伸過去的門內，正藏著一個偏執至歇斯底里的我的分身……

＊＊

這些年忽焉過去，朝著老邁的龍鍾世界慢慢走遠。櫥櫃裡整齊擺著骨董泛黃的照片簿好幾巨冊，有如編年史般排序整齊地倒帶著過往種種，每有老友親朋登門來訪必然取出展示，而且還一一介紹到唇枯舌爛。它用以證明我的年華逝去、我的耄耋將至，即使深咳、多痰、痛風、佝僂、髮白、齒搖，連誌寫著紅「壽」字的棺槨都已經跨進去一隻腳了，距離天堂不遠了。

我將陳年老照片一張一張抽出來攤排在桌上，以緩慢的速度鳥瞰我的生平世代，並對它們所存在的年代一一巡禮。它們各自在年輪刻度處用各自的方式蹣跚老去，各自墜入自己掘鑿的記憶的洞孔裡。

歷史滴瀝的回聲在記憶的洞孔裡反盪、盤桓……

我回到洞孔裡，翻箱倒櫃地蒐尋除此之外而有所遺漏的回憶。洞孔裡涼風送爽，空氣有些些憂鬱。

回憶總夾著耽想錯置的時差，藏匿在屋子內黯黑不見光的最裡間。光影侵奪，相紙上鑲嵌的記憶逆滲入一張張停格的黑白版回憶內，黃金時光在心靈間穿梭流逝，我突如其來的鼻酸不時油然而生。

我試著學習著那個時空特有的腔調起伏及頓挫強弱，期待共振出相同頻率的、回到第一現場真實般的景況，哪怕是一場年輕時關於玉石俱焚的三角戀情、或是一場青春時關於荒唐莽撞的反叛、或是與生命故事擦出火花燒成灰燼的遺跡殘貌……，那樣糾扭、堆疊、抵銷、背離、磨蝕的種種記憶，總跌撞的布滿瘀青斑塊，霎時閃過又突然莫名忘記，所以如藏罈入窖佳釀般妥適的收藏起來。

時光洶湧復返。

記憶的洞孔裡迷宮、隧道處處，也如颱風肆虐般水淹洪氾，真希望快些轉晴，就算烈日曝炙，也值得與註寫這樣精采回憶的過去相濡以沫，進而相知、相忘。

我 vs. 書（一）

寫詩的一百種方法——序《為印象王國而寫的筆記》

其實我也在尋找這個疑問的真實答案，或是最接近真實答案的答案：究竟有多少方法可以如一針見血般，準確說明詩創作境況的前中後期所應遵循的法則或律條？一百種嗎？太少或更多呢？

之所以疾疾需索「寫詩的一百種方法」的解答，其實是我再也受不了藏躲於文字裡「意象」、「靈感」之類虛無字眼所設的神祕符咒，其日以繼夜騷擾原本恬靜的日常生活所造成的不順遂與阻礙。這迫使我非得捨棄一般常態性思考詩創作的路途，改走偏僻幽靜的小徑，小心翼翼且提心吊膽地從文學林森中穿徑出來，帶著整札以首為計量單位、被歸類為詩的文字合成物回到書桌前，當作是歷遊歸來的紀念品，時予緬懷並且善加供奉。據此藉以破除游移於案前如彤雲般久久不肯散逸的狐疑，在有限的創作空間裡，變換各種寫詩時必備的筆或紙，甚至不斷調整姿勢，來適應「詩」即將到臨。

寫詩。而寫詩的第一種方法，就我不負責任的建議：首當要全數放下觀念裡已先入為主對詩的滿腔熱血和羅曼蒂克。寫詩充其量不過是文字中自然景觀與人工美術的集體雕造塑形，應是自我臣服於詩前的一種告贖或慰解，絕不是鑽研辭彙群的堆砌、層疊、改革或造陸，所以實在無需把千秋萬世的使命感塞進詩裡，否則筆下有所拖泥帶水，詩裡必然城府森索，詩的質地必然紋理粗糙。而口口聲聲有如傳教證道般說來如此冠冕堂皇而振振有辭後，我蜷在筆下，稿紙成捲鋪排眼前，我還是無法割捨滿腔熱血和羅曼蒂克，那是服膺詩的獻誠行為，也才可表達「我愛寫詩」的愚忠。

對詩如此逼不得已的表現，讀者們會不會覺得我很天真無邪呢？還是十分笨拙？或是有更激動的情緒反應……

真的無法諒解為何要投注如此龐眾的閱讀量後，卻只代換（或生產）來短短數句行的詩；誠然我對詩寫作的簡易度勝過其他文類（純以字數多寡而言），但無法忘懷的仍是詩的迷人正隱藏著自己對文字的居心叵測和隨心所欲，其之妙不可言，印證詩中的敘述、假設、預言、抒情的海闊天空，絕對令我流連忘返。然而，這絕不是依循「寫詩的一百種方法」便能獲致的樂趣。

然而我還是不敢確定一提起筆來就有種不知饜足的神態是否就是大夥公認的所謂「孤傲」的表情。曾經，或絕句或律詩的讀過許多古代詩人的作品，怦然悸動地發覺他們的作品幾乎都是齎志以全家國的傳世鉅作，磅礡氣勢包裹著可以生死相許和換取的豪情壯志，橫在籍典冊書間，簡直像立了抵天的圖騰，「孤傲」得高不可攀。而我仍死守從生活周遭或愛慾情戀等小小觀感出發的詩而顧自憐惜，何以與其匹敵並駕啊？實在覺得悲哀、汗顏。

對自己不甚滿意的詩作來說，我承認作品裡當然無可避免的沉溺於瑰麗、晦澀、詰屈聱牙的文字堆中，以過度誇飾和神化詩中意象的偉大程度，建構堆疊起聊以自慰的一首首詩，甚至一冊冊詩集，但靈感們卻悄悄自筆尖漸漸流失，愈益枯竭……。所以，隨手筆記下閃越思考邊際的一點點突發奇想，便逐字逐句逐首逐冊成為我所主宰統御的印象王國的詩全貌……

可是並不是所有的靈感都將在時間裡錯失變質，誠然，當靈感的生產次序發生混亂矛盾，並且向歇斯底里的臨界點默然挺進時，我可以清楚感覺到詩就將來訪了。遂縱容筆觸自由選定一個適宜時機，根據情勢和文字的推論，用浮泛的所謂意象的集合去包紮一個虛構的詩主體。結構上，詩標榜的不過是語言加上形容、靈感乘以想像的綜合體，我是這樣誠懇而全裸的思考著。

詩裡，然後大家都忘了曾相約要去遊覽印象王國裡一場用豐富意象貫穿的筆事。我所用思考豢養的動物園裡的文字也想集體飛走，靈感也想全數搬離，遠隔世俗塵囂，回歸心靈原鄉。倚著詩建構的國度，我的原始自戀再也無法繼續支撐全部重量，在詩裡盲目莽撞尋索療傷的藥方和一百種親近文字血緣的線索……

寫詩的一百種方法至此簡單而馬虎地自敘完畢，很抱歉，我並不是依循這些看似簡單易懂，實際上卻躓礙難行的諸多拙劣方法下筆的，我只是糊里糊塗、傻里傻氣、誠誠實實、掏心掏肺的蹲伏在詩前，全心全力雕琢我自己而已。

至於這冊詩集所蘊儲的種種不同質地的印象和詩裡腹地遼廣、物豐人和的王國……，就當作是我汲汲於文字的淑世藍本罷！

我vs.書（二）

詩的風雲際會——幾件《風雲際會》之我事

那天回給王志堃很長一封信，說了謝謝他邀我加入他創立的《新陸》詩社、談了幾位同輩詩人的創作風格與近況、也講到要如何爭取年度優秀青年詩人獎的榮譽、連《風雲際會》的規格版型選刊的詩圖都所有勾勒……，但才沒多久，報上竟報導了他不幸因公殉職的噩耗，彷如青天霹靂、轟雷劈頂，霎時間所有的淑世壯志都煙消雲散，都無情地被埋在八〇年代社會版的陰暗一隅呀。

幾天後的喪禮上，沒有多少人出席陪他最後一程，很是感嘆，他弟弟特別說出事那天上午他還寫了信回給我才出門上班的，那是他在世的最後一封信。我嚎哭著、蹲跪著，拿著熱騰騰才出刊的《風雲際會》詩畫頁創刊號，仰天祭拜喃喃祝誦、點了火、燒給他看，向這位詩友分享我們曾經共有的大夢。青春的悵惘特別濃烈而深刻，我對詩的追思、對同屬六〇年代年紀的哀悼，充滿無法清晰辨認的迷惘，甚而有些憾恨與絕望，這都已是一九八八年十月的往事了。

一九八八年，我正在飛彈部隊的苗栗西湖基地服役，掌管數千萬美金的重要裝備而肩任重責。整個戰備周期，身為控射作戰官，鎮日緊盯著監看區域可以擴及大陸內地的天網螢幕，雷達上的游標線，一圈一圈掃描著我的戎旅生涯。而每每值勤高戰備時，雷達工作台旁總會伴著幾本詩刊詩集，還有紙筆草稿，以療漫漫長日的無聊與等待。然此就著微光，讀詩寫詩，我的第一本詩集《個人城市——田運良詩札》就是在此小小戰備空間裡所揮灑出的夢想實踐之作，甚至是長久醞釀創辦《風雲際會》詩畫頁的構思與企圖，都是在此慢慢萌芽、孵養而成的。

軍旅生涯的相關訓練，並未為我的詩創作有所助益，充其量在戰備之餘給了我塊狀的大量時間，讓我悠游在閱讀與書寫中，一一認識了「詩之於我」的種種樣貌，隱隱觸發了我追求某種能和筆墨共同相濡以沫的文學悲歡。之後毅然退役，我努力走出八〇年代，走向萬象社會，同時走入詩，走入自我。

八〇年代，任何想為我們那個詩的風華世代有所建構或詮釋的論述評議，一定可以從《地平線》、《四度空間》、《曼陀羅》、《薪火》、《新陸》、《長城》等等接連創刊、百家爭鳴的詩刊中，抽繹出這些符碼：夢幻、迷惘、孤寂、匱乏、殘缺、鄉愁、憂患、苦痛、狂歡、破碎等等屬於我們青澀歲月的特有名詞，那是銜接著前十年亮麗榮景的楊澤、向陽、陳義芝、羅智成等人的青壯時代，那也是再上溯前前十年風華歲月的瘂弦、洛夫、羅門、余光中、商禽等人的盛年時代，而相承傳棒世襲呀。詩壇上他們烙下清晰的足跡、豎起高聳的圖騰，我們讀著他們的腳印、景仰著他們的光芒萬丈。

我們六〇年代這一批同志很努力地在練習、學習乃至複習，但避免複製、追隨乃至重返曾經的《創世紀》、曾經的《藍星》、曾經的《現代詩》、曾經的《陽光小集》、曾經的《龍族》、曾經的《草根》，我們立志要走自己的路。我們要走自己的路，所以同儕們的執著、傻勁、憨膽、荒唐而擇詩固執，聚集一起很容易就彼此被感染、被激勵、被同化，我們恣意熱情奔放而瘋癲癡狂地編詩刊、創作詩、辦詩活動，挺直腰桿把玩筆桿、引吭高歌放浪青春，勇敢開拓自己這一代的詩世紀、闖蕩自己這一代的詩宇宙。

而《風雲際會》是我的詩宇宙裡唯一的恆星，那也是我的詩世紀中最精彩的歷史一頁。我在《風雲際會》裡，想為讀者以一整本詩刊的遼闊原野，提供某種閱讀視野的特定風景、我在《風雲際會》裡，也為詩作者搭設各種類型議題的書寫舞台、我在《風雲際會》裡，甚至自私地想在現代詩史上，尋求著一兩句論評的文學定位。

《風雲際會》其實才出版四期，每一期都有主題、每一期我都以序詩來闡釋所訂主題之吾見：第一期推出「戰爭主題」，封面是現代火砲轟擊、驚受戰爭逃難之貌，封底是古代兵戎戰馬狂飆、刀戟揮軍之景，序詩之名為〈終究陰錯陽差閒惹一場無所謂勝敗不關乎輸贏之筆墨戰事——「風雲際會」創刊棖觸〉；第二期則是較生活化的「兩性系列」，柔暖粉系色調及插圖搭配著詩句，緩緩訴說情愛慾性，序詩之名為〈他（她）問：「我曾經愛過妳（你）嗎？」——贅言兩性〉；第三期受陳克華《星球紀事》之啟發而選以「科幻」為書寫題旨，整張畫頁以九大行星圖鋪底，詩如行星般羅列盤據、相互爭輝，氣勢還真是磅礡，序詩之名為〈想看清宇宙，所以……——我與地球的潛意識獨白〉；第四期也是最後一期，也是改以騎馬釘裝訂方式呈現的唯一一期，主題是貼近當年時下熱門議題的「兩岸山水系列」，來自安徽黑龍江瀋陽北京湖南浙江廣州四川甘肅河南熱河的山水詩，與台北高雄南投的風景詩相互比美競麗，各擅其場、各殊其異，序詩之名為〈且把我一生所有的山水還您——兩岸情結〉。

在《風雲際會》圍成的小小詩國度裡，我規畫每一期都以主題書寫來擴展詩的集體力量，冀望每一期都可以開拓新一片疆域、新一片風景，漸漸將詩國度的邊界向外擴張，並且更具影響力及文學價值。然此用心用力，《風雲際會》的創刊並沒有在詩壇激起太大的波瀾，但其所撩撥的小小漣漪，已足以讓我在往後堅守的詩路途上，更有信心走遙遠長路。

第四期出刊之後，來自前輩與友朋的鼓勵和讚賞更多了，我也更雄心萬丈地欲投入倍數心力以回饋。但適值此刻，《風雲際會》卻遭人檢舉暗中通匪、敵前叛國，而被師部保防官無預警的突擊搜索。某一天中午，吉普車疾駛殺進營區，下來一大票政戰高層，直闖進我的起居室，翻箱倒櫃大肆搜查，隨即查扣所剩的詩刊和所有來自對岸大陸、寫著簡體字的信函與稿件，滿滿裝了一大箱帶走，仿若逮獲槍擊要犯、押返江洋大盜或斬首示眾拖屍遊街，山雨欲來風滿樓般的詭譎烏雲罩頂……，之後更是一連串的約談及思想審查，我清白以對、極力為詩辯護，終獲平反。然雖未致犯滔天大罪，軍旅生涯卻被塗上一大塊髒污的印記，更差點賭氣而放棄文學創作之路，但令我百般遺憾的是《風雲際會》自此告離詩壇、訣別八〇年代，壯志熄滅了，夢也醒了。

時光如浩瀚潮水盪漾，漫漶過那段寫詩編詩玩詩的八〇年代歲月，想來真是繽紛多彩，若有隻字片語可寫進回憶的話，除了王志堃《新陸詩刊》外，還需再加上李渡愁《台北詩壇俱樂部》、《長城詩刊》，黃恆秋《匯流詩刊》，顏艾琳《薪火詩刊》，楊維晨《南風詩刊》、《曼陀羅詩刊》，許悔之《地平線詩刊》，黃智溶《象群詩刊》，林燿德《四度空間詩刊》等等同輩們詩生命的補述，這段青春回憶才會更完整而精彩好看的。

時易物換，倏乎已近中年，引頸回首相望八〇年代那時，我還清晰記得貫流著六〇年代反骨血脈的我們，曾彼此相互取暖、打氣與共勉，曾熱血沸騰、義憤填膺地誓諾要完成「世代交替」的詩大業……

我，人語——序《密獵者人語》

桌前，書冊堆成峰峰山巒，錯落無序疊置著，普洱菊花，剛沏的。黃朵浮浮沉沉，悄悄在我潛心閱覽間偷偷冷去而茶色漸次深濃。雖此，閱覽並未因這般擺設的凌散雜亂而中斷，滿室煙漫，我環身審視這個親手打造的文學國度，不山川壯麗、不物產豐隆，卻足以概括我的頹廢世紀末裡，對於閱覽的無限享受與無度需索。

所以，流連於書房已是超越生活習慣的癡和癮了。而閱覽，感覺放縱的生命夜宴、作想像的瑰麗大夢。

＊＊

所謂世紀末，其實此時並非末代亂世，離顛沛流離更遠，我大可不必多費周章地躲藏在現實中所養大的一點點虛榮和市儈裡，而猥瑣而封閉而無以為繼。洄巡於夢境與實界之間，這裡一如深淵無底考驗／培養我潛在孤寂和沉默裡的能耐，於此，我可以獲得足量在閱讀與寫作中才會開花結果的精神救贖。

然而，也屢屢在閱讀與寫作裡，聆聽自己的心虛與委頓，確實時時感覺失魂落魄，逃避太過逼近的情事，沿著筆留下來的路徑，在紙稿上遊巡，等待即將遠謫荒垓的壯烈情懷將瘦癟的我帶走。

而我知道：我使力擠出來的篇篇文字簡直左支右絀，還不夠沉迷於近乎癡和癮的閱覽耽溺。我還必須不斷催眠自己，以腹語術、苦肉計、藏寶圖、賭博遊戲，蠱惑更大更多樣的閱覽。

＊＊

在《密獵者人語》裡，我試著臨摹、拼組、重製、再造這群原始的閱覽心得，以角色、典故、情緒來勾勒在這冊書裡出出入入的意念們與觀念們，勾勒意念們與觀念們的顰笑行止、勾勒意念們與觀念們的悲歡離合、勾勒意念們與觀念們內心深處我所觀察到的進退往返及其進退往返間的種種記事。

紀事裡，每每尋找以文字表達傾心的最準確方式，總因文字裡被無心安置了太多矜持拘謹於遙遠夢想的青澀筆觸和斧鑿痕跡，而近於濫俗和造作，或者堅持或棄守、或者縱深或淺薄，無論多麼難以抉擇取捨，其實它們都表白了我之於閱覽的矯揉造作，或千真萬確。

* *

我，人語，百無聊賴到自己必須正襟危坐地搬出華麗雕琢過的辭藻和句彙，來注解我書寫那時的唱腔、舞步與拿筆的姿勢。

我期望，我懇切期望關乎道德和美學的評語、諍言。

我循序翻到書的最後一頁，畫了幾道注解、填了幾則眉批，闔上書、壓平摺痕，收妥紅藍兩支筆插回筆筒，倒掉茶渣菸燼，扭暗桌前檯燈，鋪好椅墊靠上椅子，隨手攜著另一本書緩步退出書房……，閱覽的進行從此刻開始換另一條路重新出發，不再回頭。

西元二〇一一・民國一〇〇 簡略記事——序《潛意識插頁》

感動終究是不在了。

時節循序遞嬗、年歲徒增漸長，我的西元二〇一一・民國一〇〇終於抵臨。長年以來，躋身工作社交、生活職場的狹縫中，對生命感動的原始觸因，冷漠地早就不甚敏感了，雖說汲汲營營、庸庸碌碌、渾渾噩噩，但總不時會對書寫、閱讀激出許多衝動、許多驚奇、許多迷戀，那種熱情彷如私闖潛進深窟暗井般的探險興味，穿過文字或影像，在書本或電影裡尋求刺激，以開拓更難懂的哲理、更難解的謎團。其實骨子裡雖然還躲著一點懼怕、幾許好奇，但無由、率性的耽溺與陷入，總會在稿紙的黯黑角落，低聲吐出依稀可以看見的、微微的，光。

光裡，藉由平日慣常的書寫，點點滴滴匯聚諸篇文章冊頁，我終於拉里拉雜繳出一札書稿，以交代這些年沒有蹉跎虛度。然而不得不承認其中插頁篇章，彷如掘自埋於匱乏年代裡的時間膠囊，出土面世的文字裡多有過時的觀點、陳舊的筆調、落伍的見解，文采少有綠意、更缺富饒。而關於《潛意識插頁》，我只是想要在這個有如跨越世紀末般的壯烈時刻裡，在民國一〇〇／西元二〇一一，留下值得印刻的一瞬間、一剎那，這僅是一個卑微的小小心願而已。

掀閱每一張潛意識插頁，都像是在坍毀的廢墟裡翻尋昔日遺忘、丟失的寶藏，然而，插頁裡的紊亂、疏離、淺薄、稚嫩，映現了我當年生命中的色澤、亮度以及氣味，也呈顯了我自以為非常抒情的文學經驗以及冗長而緩慢的藝文腔調——冗長得量得出生命崩毀壞去的重量、壯志昇華的重量、夢想綻放的重量；緩慢得聽得見時間賣力轉動的聲音、振筆疾書的聲音、孤獨落寞的聲音。這些文稿，真正忠實演過一回我的讀寫歷程，因此縱然錯過任一張潛意識插頁，即使面對文學志業再有狂想大願，想必也會努力不讓這些記錄在記憶裡消逝、在任何夢想裡被埋沒吧。

常常隨手寫幾句詩，任意記錄其靈感一閃，雖是片段、雖有晦澀，但都當是為生命當下的尋常註記。我再翻開書、再拿起筆卻無端怔忡、莫名惶恐，繞著屋子來回踱蹀盤算思索，口乾舌燥、頭昏腦脹、手忙腳亂，改著前些日子才粗略完成的這首取名為〈西元二〇一一．民國一〇〇　簡略記事〉的詩：

再遇見滿地荒涼
已是離千禧之後的許久許久。先前
我們結伴相攜勇敢涉渡世紀長河
且約定在對岸、夢的發祥地、史的將來
再集合，繼續草寫記下一冊值得一再翻讀回味的
傷景殘跡，或輝煌壯烈

西元二〇一一。我們再度回到市衢上歡呼慶賀
彷若重生，同時展示一萬種收藏：
新史新愁新痛新愛新慾
新廢墟新異鄉新遺址新國界新版圖
新名姓新身世新血緣新族譜新碑銘新千秋萬世

甚至新的明天新的我們。回顧前塵事
多少壯志未酬皆在這裡一一凱旋

民國一〇〇。滿城植遍新的夢想
世界仍然年輕，所有歷史演繹
暨以圖騰標註它被景仰的世紀之初
而圖騰下，我們守在夢想出口等下一個日出
頻頻向遠方前瞻即將的風起雲湧
滿地荒涼已文明成遍野繁茂，與蘺蘺蔚蔚

這首詩與《潛意識插頁》併同躺在書桌案頭，筆、紙、菸在旁左右相陪，滿室天地全黯淡下來，我捻亮檯燈，照亮一個個清清楚楚、崢崢嶸嶸的夢，潛意識的陰影覆蓋過來，遮黑了往更深更遠的去路，其實我真正的書寫，才剛要重新再開始。

這詩，就當作是為著此時此刻成書出版《潛意識插頁》時機之巧逢所寫的罷。

而不時興起與感傷連結的那種大時代、大敘述、大歷史的大志大願，我近乎生命寫真、猶如追悔過去的這群文字、這本書，是該與YH、TL一起分享那份珍貴寶貝的幸福的，而之後之後的百歲千載萬年，他們當然也要一起與我繼續榮辱與共地向生命勇敢推移。

就停筆於此罷。不過我相信，感動，終究還是會回來的。

生生；世世。——序《我書》

詩裡的行行句句都是我想說的，親手交付《我書》前，悲喜忐忑交雜。

＊＊

要寫一本詩集給他，是早在他還未出世之前就向上天許下的勇敢承諾，這當然是一份沒有緞帶玻璃紙華麗包裝、卻價值連城的貴重禮物，YH就陪在旁側、一同見證誓立盟言，我清楚記得場景就在臺安醫院的產房床上。他隨後就呱呱出世來當小天使，我驚惶地捧著誓諾，是高興、也是千萬責任。

真的是該為他留下一札詩句的，像是警知人生險惡、提點世路顛沛、惕勵奮力向前等等嘮叨或諍言，甚至是讓小小年紀的他，感受追夢歷程的荊棘坎坷、生命歷練的轉折崎嶇等等千篇一律但不得不說的叮嚀或諫語，更也是與 YH 一起完成為人父母的人生功課。

後來，生活俗常、工作庸碌的種種繁瑣傾軋，牽絆了此椿約定的實踐，一大疊稿頁上早已蒙上塵灰飛絮，少在翻閱讀誦、乏於理整歸結。但《我書》一直擱在心的最底層，我一直記得，確實記得這群詩句的不可承受之重，正意義著某種啟蒙、某種囑託、某種兩代傳承、某種田氏疆國的劃定、統領或跨越。

十年來，《我書》這些詩句始終是我寄壯志於裡、託摯情在內的深刻書寫，它雖躺進歲月的幽暗處，一一排列好等待我的臨幸，並時時發著微弱亮光、呼著低沉吶喊，像是出生即烙印在我胸膛上明顯而難忘的胎記，無時無刻提醒我之家世的未竟至、族譜的未完成呀。

＊＊

父親臨終前，留下一本斑駁泛黃的「自傳」，那是他少年從河南老家離家獨力逃往重慶輾轉湘西、南京，最終撤退至台灣，唯一隨身攜行的紙本，鋼筆字摻著烽火，黑墨水漬濡著血淚，滿紙兵荒馬亂、戎燹戰雲，而他就像傳家寶般護衛保存著，隨大江南北遷移飄泊，並且榮光傳遞予我珍藏。

時間與成長漫撫我青春的坎坷，但還來不及細細翻閱他的老年，世界卻已經狠狠換讀下一章節了。

他去天堂當小菩薩了，他是祂。

他確是小菩薩，他真是祂，總感覺祂時時隨行於旁側，在很晚很晚的深夜陪我讀寫、伴我省悟；總感覺祂時時地巍巍佇立於左前，在很難很難的逆境賜我力量、引我方向。

而〈放下〉、〈佛坐〉、〈轉折〉、〈發願〉、〈看破〉、〈普渡〉、〈觀音〉、〈窖藏〉、〈面具〉等等詩篇，都是祂親身示範的人生行止哲學，我默默臨帖抄錄祂的一生，每每感受著、也每每感動著，其暮鼓晨鐘歷歷就有如長跪寺殿廟堂上，閉目凝神跟著祂虔誠禱祝誦經的真實場景幕幕掃掠，祂每敲叩木魚都似當頭棒喝，梵音裊裊貫入祖孫三代的子裔故事，是開示是教誨是啟迪、也是圭臬典範、更是家規祖訓。

相衡於小菩薩的「自傳」，我冀望《我書》也是貢奉在神龕香案上，先祖牌位旁，足堪躬身定省的，傳家寶。

＊＊

傳家寶裡有鐵錚錚、硬鏘鏘、亮閃閃的家族記憶，也放入了柔情的「天使書」十四首。天使，YH，值得為她冠上之於我的救世主的雅稱。

因天使，我得以救贖；因天使，我得以隱拙；因天使，我得以通透；因天使，我得以返歸初璞；因天使，我得以幸福滿溢。假若此刻已值末日盡時，荒漠旱地只剩最後一捧水，我會毫不猶豫遲疑地全讓給YH進飲解渴，以性命交換、以死生託付。她，上帝遣派來輔我伴我助我的美麗天使，YH。

這組舊詩早完成於十餘年前，再讀之還真有些羞赧，配上彩圖是當時報紙主編期望加入的，說是副刊是彩色版，此來或可增其愛情的詩意想像，我樂見如此、歡喜完成「不具體感官寫意」（原專欄名）。

說是寫意，實是具體的告白，期藉以之明其戀其愛其千秋萬世，其堅貞決絕以詩為憑、其感恩懷謝以詩為證。

＊＊

中年寫詩，漸漸遺忘了文字們身上的紋理與刻度，也快要失卻情感們的觸覺與直觀，筆顫危危舉起，莫敢揮繪注寫，幾度擲下歇止又再拾起，多是人生亂步、情感躊躇。

「人書」一整札十多年間停停寫寫，費心蒐集整理後竟有近二百餘首，舊報紙散落亂鋪整桌，我在其間覓尋曾經的詩的瘋狂歲月……。雖還有些佚稿仍匿躲在書櫃或抽屜某處，但粗估其數幾已可編成兩本詩集的量，我瀝選其中若干，多是橫看人生、縱許未來、思前想後的生活履跡之作，當年尚未命「人書」之系列名的詩群（曾有「塗塗與生活相關的寫寫」、「手繪生活照」、「速寫以及有關於生活聯想」、「生活塗記」等等之想），都是請美術好友琇泙所佐繪素圖，詩畫合璧或是相容另生異趣，或是扞格各據奇韻均無妨，謹此感謝在我詩創作亟待再闢疆土之際，她的相挺拔刀力助。

總之，「人書」是生活藍圖、是人生樣貌、是世局百態、是您我寫照。

＊＊

而編入〈生生；世世。〉序詩於其內其首，當有典故。

此聯詩寫得荒唐、豪邁、迴腸盪氣，自認是習詩讀詩寫詩經年的個人代表作。點、捺、頓、挫間殷切期望這些占據我滿滿生命的人們——有小天使、有天使、有小菩薩、有人，都能在我純粹清澈到可見心底的詩句裡，尋得我眷戀、疼惜、難捨、甚至是愧疚、悔過、罪贖於此生此世的心靈線索，閱它以想念、讀它以釋懷、誦它以知我……詩裡的行行句句都說了，親手交付《我書》後，願期〈生生；世世。〉永續傳遞。

〈生生；世世。〉

後世

我甚至連對相依為命的自己都如此輕忽
幾乎漠視自己就隱躲於我的前後左右；後世前生。
還有一種逼迫
也蜷伏於後世與前生夾雜的殘餘空間
那種逼迫，正俯瞰著我最為清澈的裸。
我模擬死亡的節奏
深怕一不小心就走失始終對生命的戰戰兢兢
即使是十分認真地收藏一輩子所有的有憾與無愧
然至此我仍尚未理清回憶與後世種種無關緊要的往事
究竟牽扯著什麼或疏或密的關聯時

時間就已如斧劈般，猛然砍斷我未竟的夢想……
而正如自己所擔憂
我太拙於安排禍福的先後次序且不修邊幅
我也開始疑惑該如何清心寡慾度過可能繁麗的來世。
如果真有來世
我與自己願躬身向前生、前前生，深深懺首

前前生

果真輾轉來到
一座金碧輝煌的前前生
儘管來時路是如此的紛亂雜沓。
反覆練習著回想某事後
記憶就像一條被往事不斷踩過不斷超前
且沿途絕景不斷的捷徑

多歧；芒草蕪蔓，蜿蜒鋪往心的最底層……
不過我很明瞭
穿越這片荒原——繁複的夢：
我無可預知的來生
便可向永恆挪移一個不值得紀念的刻度
（事實上我真的不知道：
　我到底有幾分好奇心
　可以無限沉溺如此整片荒原的念舊與鍾情
　而樂此不疲？）

後後世

就算當時（或者一直延續到現在）
我豐藏的肉體，早經深掘
但更底的、如處女地般的靈魂礦層

仍埋有更年時期的種種病症、徵後與先兆還未出土
（那是不是也可以挖鑿的祕密呢）
長年來屢次探採生命裡龐雜繁複的記憶卻令我
自己連最寬厚飽實的潛意識甚或精神也都因為
不斷鏟勺而顯得我如此懷舊之般切地襯托出那
片印象礦脈的貧瘠殘敗和衰微。我。今世的自
己頗為質疑輪迴中每一生滅間前前生的自己究
竟蘊儲了哪些礦物來讓後後世的自己無盡開採
……
其後，我終以一千種無價礦產
誠實宣布自己所霸占與命運劫數及私人簡史相關的寶藏

前生

（前前生與前生間僅有的罅隙
　恰好塞進我單純無色彩聽天由命的生死
　滿滿，不多不少整整一次輪迴）
是在我忘記的一些因收藏得太好而遺忘的祕密堆裡
翻出一道彩虹和
一截蹣跚走近，然後走遠的足跡的。至於其他的
我還發現幾場驟臨的雪景、數回掌聲
四五本童話語言的詩裝訂冊
整隊馬戲團，以及
不絕於耳的禱祝，等等……
這一切粗略的收藏
匆然拼湊出我的前生的雛型
可是我仍一直困惑地面對這堆祕密著
存疑地研究前世中真切與不實的種種記憶
就像讀詩：不知所以然的迷障

明目張膽的窺視——對〈生生；世世。〉注目

我看見「自己」（以下簡稱ㄨㄛˇ）了。

不過，這種深情默默的注目並沒有在我的眼中逗留太久。因為在我與ㄨㄛˇ同體孿生的相處裡，我十分明瞭：ㄨㄛˇ是不會甘心接受詩如此輕率得就被視線玩耍的。ㄨㄛˇ莊嚴面對詩，一如面對一位曾莊嚴面對生命掙扎生活的詩友猝逝，ㄨㄛˇ悲慟逾恆，竟異想天開寫一千首詩要救活那位詩友……ㄨㄛˇ真的寫了。ㄨㄛˇ之於詩的愚忠，至少〈生生；世世。〉是絕對的耿耿，我可以見證。

然而我卻戲著詩筆，以不甚準確的聯想，輕佻地玩弄文字與辭句，簡寫了本屬於ㄨㄛˇ私密記憶相簿裡的生生與世世。我太孤傲；我無由背叛了我所見證的ㄨㄛˇ。寫詩，或許可以坦白我懇求ㄨㄛˇ寬宥我一切罪贖，所撰的悔過書。

其實，同前世後生邂逅，原是一樁極美麗的人生事件，我應該不難於處理這種時間跳躍的距離感才對，但回到詩裡，我反而顯得紊亂與手足無措。知道嗎，那種世代乖隔正彷如道道關卡、座座迷宮、重重隔障，幽幽邈邈的阻絕在人生來來去去艱難旅程間，不是幾句詩就可一腳跨越或伸手觸及的。

但是，「要如何返回前生或追過後世，去相認ㄨㄛˇ呢？」。這似乎是寫完詩之後才衍生出來的矛盾問題，這篇文字反倒有亡羊補牢的導盲功用了。

雖是無奈，我仍必須四處在關卡和迷宮中找尋可讓ㄨㄛˇ逃脫的出口，譬如一句好詩或回味再三的豐富意象，以便及時搭上光陰列車，順利駛向現在來會我。顯然ㄨㄛˇ沒有準時前來赴約，並錯過和我共度上輩子、這輩子、下輩子、下下輩子……的機緣。我則反覆刪修詩裡的真真假假，努力回到過去或趕往未來去見ㄨㄛˇ，計畫重新構築彼此曾共有的身世。

最早最早，我就已在詩的草稿裡安置ㄨㄛˇ的前生後世，讓出超長的人生段落來排列ㄨㄛˇ無從知曉的幾段連預言家、靈媒乃至神也無法盡釋的謎。我不知道這些篇幅夠不夠容納那麼多複選題的解答，我仍執意優先完成這四首也會時過境遷、現代詩型式的剖白，並且慎重落款。

我不得不承認：〈生生；世世。〉依舊不脫我原走的路線。我搶在詩前或賴在詩後發言，無非想表達一札與ㄨㄛˇ一同盛衰榮枯的歷史，我刻意把詩也看作是ㄨㄛˇ的生命來呵護珍惜，教ㄨㄛˇ也可以大悲大喜，也可以變節或投誠、也可以正看或側觀，幽默而不嬉皮笑臉地演好ㄨㄛˇ龐闊場景的生生世世。這些諸如生老病死、喜怒哀樂、悲歡離合等等不夠琳琅滿目的情感擺飾，才真正值得一再注目，甚至窺視，即使是明目張膽的。

我真的看見「自己」（以上簡稱ㄨㄛˇ的我）了嗎？

他、

輯二

他 vs. 生活

喧囂，之前之後

一

思索的隔鄰，是他在獨自抵禦譁鬧的侵擾。

滿室喧囂，彷如屋內就滿滿塞著好幾座種遍一萬株雜色朵卉的百花園，那種目不暇給、眼花撩亂的繁盛，處處令他焦躁幾至遷怒其他感官，而對所有悅耳或刺耳的聲音恨恨生厭。

嘈雜吵鬧從牆壁、門縫、窗隙滲進來，無孔不入地混淆干擾他囿於屋內的行旅，令他在遲頓的聽覺裡摸索，因未尋獲被仔細聆聽的對象而找不到喧囂的準確意義。喧囂的震央就落在他附近，雖還離他滿遠的，但確已造成不少禍變。災後，傾圮的噪音活埋了他心底近畿地區的滿城輝煌，那裡是他最繁榮鼎盛的心情市集了。幾隻憂鬱凜然飛越遭他遺棄荒置的廢墟，心情的世紀末一一被排演著。喧囂呵，多麼眾數、龐雜，以致無法細算種種數目的集合名詞啊，那群喧囂對他而言，只展現了使他更倦疲更累的心靈差距。

二

窗前，他蜷縮在椅子的環抱裡，書桌上亂七八糟，前方散置著積壓屯儲的舊稿，較遠處堆貯成塔成堡與古典現代、抒情搖滾音樂相關的樂譜曲集和原版唱片CD，人家主編已經三催四請多回了，他卻無復落筆，靜下心來好好寫完起草逾百字的文章。他總是任性地將這樣困頓境況的發生主因，歸咎給怎樣也填不滿、無底的喧囂。

他終究逃不出幾家報社和雜誌每週幾次一千五百字專欄的文字夢魘，截稿時限一延再延，如此煩瑣至全無空隙通融、轉圜的寫作環境，縱使牢騷滿腹，仍得逼迫耳朵消化各式各樣的音樂，品出好壞優劣、粗糙細緻，再安上矯飾美容的文詞，拼湊出看似冠冕堂皇又專業獨見的樂評，匆匆交稿了事。然而現實裡的醜陋雜音與理想中的美妙曲樂相互傾軋，他如何能掙扎得不留任何鑿跡刻痕，不致讓人鄙夷、或令人覺得自己如此犬儒？

他努力思索著可以兩全其美的法子。但音聲總是不知不覺中來了又走，也總是以難以逆料的姿態反撲回來，嚇他一大跳。

三

他住的平價宿舍樓下是一家專修引擎、鈑金的汽車修護廠，後棟鄰著兩間二十四小時營業的柏青哥和電動玩具店，每天都會輪流製造出頻率落差極巨的聲響霸占他的房間。左鄰敲敲打打釘釘鎚鎚，老引擎勉力啟動時所嘶吼的沙啞哀鳴，折磨路過的每一對無辜的耳朵；右舍叮叮噹噹咚咚唧唧，不時透過麥克風廣播狂賀：誰又開滿分水果盤、誰又三七連線，錢的洶湧濤聲迴盪在店裡絡繹的人潮中，淹沒冷清街衢。他夾在其間，進退維谷的為難。

此地公寓式格局的窄促，不時穿插著像排好時刻表且逐一按時照表映演般的諸多聲響，譬如：凌晨五至六點，頂樓違法搭建的神壇會傳來陣陣木魚聲和唸經誦法的晨課，準時擾人清夢；接近七點，最大聲是三樓那位單親媽媽訓誡她寶貝兒子懶惰賴床、催促上學的斥喝聲，整棟樓都當她是鬧鐘；九點至十二點，菜市場漫傳紛至的叫賣聲，鼎沸得彷彿可以燒毀室內簡單裝潢的擺設，通常他必須關上窗戶，以免真惹祝融；午後，整座大廈片刻的清靜簡直奢侈；晚餐前，家家戶戶都忙碌著廚事，鍋碗瓢盆碰撞的交響樂內飄著飯菜香；午夜時分則屬於五樓新婚夫妻交歡嬉耍笑鬧聲的激情時段，不過限制級的戲碼，並不一定每一天都演；再晚一點會隱約聽見對門多年志在國立大學屢戰屢敗屢敗屢戰，那個窮書生的琅琅讀書背誦聲；更深的夜裡偶爾還不小心會被自己的酣聲吵醒……，諸如此類的等三教九流之輩的單音，伴隨著日常步調的顛躓，跌跌撞撞踉踉蹌蹌於生活主旋律外，所衍生的每一支歌調互異的協奏曲裡，一跛一跛譜成市井演義。

距宿舍再遠一點的街口轉彎處是一處開工多時的工地，營造商在此大興土木，說是要建築一座容納近百個攤位、地下二層地上七層的大型購物商場，咫尺之遙的捷運工程圍籬切斷了社區附近的聯外道路，紊亂的景觀如萬里長城連成一線，也加入喧囂的主戰場。塵土揚飛捲進各式機具張牙舞爪、耀武揚威的霸姿，插入城市的肉膚，他可以清楚聞到噪音裡的惡臭與市儈，並意識到整條巷弄將被鯨吞蠶食殆盡的末日。

四

回到書桌前，他低頭清理繁眾龐雜的聲音，篩濾分門別類，收放在聽覺裡幾個不同層的抽屜裡，以便隨時取閱。他把蟲鳴叫摺疊平整擺在最上層，歌唱吟詠擱在次層，空谷回聲再次層……，依此感覺聲音美醜的主觀一一類推，喧囂聒噪則理所當然皺巴巴地硬塞在最底層。

五

他始終遺忘玻璃墊下還壓著一張紙箋，一張很早以前用來勵志圖強、警惕策進的座右銘。那紙箋小小如書籤般大，紙色淡白略帶絲絲灰條紋，中央以國畫墨法簡單勾勒一位老和尚手拿釣竿，盤坐在溪岸邊清閒優雅垂釣著，一副與世無爭、泰然自若的模樣，輝映天地的一片清明。上方端正的以隸書揮灑著「寧靜致遠」四字，還落了款……，他在推開稿紙，急忙翻尋修正液的同時，撞見了這張紙箋。寧靜致遠，好一句金玉良言，他如獲稀世珍寶般雀喜不已，頓時豁達開朗，耳邊不約而同奏起超高分貝的鼓聲與鐘響，在暮夜與沉色中分外嘹亮傳遠……，不免小喜小樂。

相對他此時被音聲族群圍攻的劣勢，紙箋裡描繪的世外桃源，實在有天壤之別。他正獨處於平靜與喧囂、核心和邊陲之間的廣袤空間裡，真有些孤援得手足無措的無力感。生命像是被蹂躪、被欺侮過一般的不再聖潔，不敢正視自己潛藏於音樂中的靈魂，喧囂，正是無以數計的喧囂，剝裸他的七情六慾。他好生欽羨紙箋裡那位優哉游哉的老和尚，化外之內總該讓出一片予他容身安頓的淨土罷。他企盼著一種機緣的君臨。他感嘆著一種福分的擦肩而過，無奈企盼與感嘆卻也雙雙被喧囂密密包裹著。

六

生活很難，他以同等竭盡心力的武裝精神面對環境裡隱伏的危機險象，在積極探索聲音的材質與製作方式時，才發現引導自己執意進入這片原音的，竟是一種反自然真璞的救贖心態。他不肯就此便讓喧囂駕馭他的感受、左右他的直覺，所以下意識地將音量開到最大，享受製造噪音、被喧囂擁抱的樂趣和快感……，緬懷自己曾緬懷的這個世界，寵愛自己曾寵愛的這段人生，之前之後的種種，確實蠱惑迷人。

七

他靜靜的，像一句被整部曠世鉅作的絕佳文采所冷落的感嘆辭，那種孤寂是翻遍典籍文冊也無法找出恰當形容詞描述的。從吵到靜、自浮躁到靜謐，他已深深探觸到生活流程裡，各類聲音各自驕矜與懦卑的真實面。它們都各攬如澎浪拍岸的驚人力量，總不時自四面八方勺起慾望將他的心潑濕……

而最濕的部分竟是被喧囂貶謫至最角落的鬱卒心情，他因此為了如何沉默才好而好幾度窮極無聊。

因為窮極無聊，兀自剝除耳朵附近被噪音燻得焦硬的膚皮，而更窮極無聊時，甚至索性割掉耳朵，才可放浪形骸去充分享用沉默。他是這樣拙劣地練習對安靜的孤芳自賞，並且企求對周遭他所不喜歡傾聽的環境，側耳需索真實的自己，或許更多的獨處時，他會更在乎他的季節裡裝著什麼景致：混亂、車水馬龍、爭鳴……，當然還有最令他不安、無法具體形容的喧囂，然面對諸多慾望百無禁忌般的袒裎相見，他總疑問著：沉默究竟能裸到什麼樣不悖道德的程度，才不算殘酷？

八

他重新閱讀噪音傾盆的偌大雨勢，樣板的逐字逐句去哼或唱成群躲在傘下的音符，彷彿被淋濕了，就無法繼續哼唱了。他在音樂文字和聲音直通的領域裡，滌濯了多數人都不接納、甚至被歸類為聽覺污染的另類音樂，用心介紹音樂的多寡、輕重、長短、高矮等等被量化的情感，給需要音樂撫慰的凡子，然而自己卻無法閃躲市廛裡不斷拋擲過來的變奏而遍體鱗傷。

感嘆之虞，他直想早點抵達寂靜的底部，在那裡，私密而且遼闊，有休止符相伴，他不會孤獨，他的耳朵會更有力氣去服膺音樂生命無限延續的紀念價值與使命感。

九

此時此刻，相對室內或室外攪擾在一起的喧囂，他的安靜顯得入世練達多了，整個情緒的華麗與簡陋、朗明與暗晦，都那麼栩栩如生，顯然他已錯過了那個會為一個新情緒的修辭或命名問題辯論大半天的輕狂時代，他只不過是想蘸筆濡墨好好寫一則比較接近客觀的中年觀點而已，之於生活能得過且過就得過且過罷。

他同時開一百扇向陽的窗，讓棲停於耳朵上、花枝招展般競豔的聲音全數飛出去，重回喧囂世界自由自在繼續聒絮。至於沒有風景、或風景單調的窗口，只站著他豢養的沉默孤自憑眺。而或靜或鬧，他太熟悉那些心情該裱在那扇窗上，就讓經年累月伴隨他蹉跎、糟蹋繼而黨同伐異的聲音去重新界定屬於他、他又所屬自己的慾望罷。

十

喧囂之前之後，感謝完識我與不識我的音響們所合唱的偉大或卑賤，他應不應該就此就聾了呢？

荒涼末路——情人節，想起張愛玲

一個孤傲的靈魂，彷彿還旋舞在喧騰沸聲、妖嬈眾姿的十里洋場、舊上海，情愛的公共租界。四〇年代光景，突然一下子就貼近了他的生世。望她，像極親睹廢墟荒城般，如許驚世駭俗，這般傾國傾城，姿影或古典或現代，繁麗令他趑趄不敢前赴。

她，愛恨怨嗔都極美的臨水照花人，張愛玲。

而他，晴雨未定，牽迴舊事的反省反芻反叛，總也是蒼涼得喪卻生命旅次的重量，而屢屢脫軌。大多時間他游移在輕易就被催眠的憂鬱中，迷途於半明半昧的來時路，曾幾錯過值得去相互繾綣、甚而廝守的那人，彷若久候未遇、不得不吐露的深情留言，該給誰？誰，即使情愛近在彼鄰也無語噓寒問暖。只是渴望，想像張愛玲，感覺張愛玲，閱覽張愛玲，賞讀張愛玲，抱張愛玲，吻張愛玲，他反覆擬繪的思念，其確切完成的年月，不詳。

突突然想起她，以一種沉湎的賞讀，很絕對的獨占。

歸返前夕，頹然捨絕一回曾刻骨銘心的情愛，心有些些痛痕，身有些些傷跡，所以他固執以為：絕對有足夠委婉枉曲的理由，憂憂鬱鬱閱讀張愛玲，以挖掘遺卻的情愛質素，來填實被淚沖刷過的情緒的巨溝。避到老家這裡，為療傷也為懷舊，前庭院落棕櫚蔭日，雜芒蔓園，梁棟斑駁毀塌，一時間倒也埋沒了昔時大戶人家的尊貴氣勢，許多許多年了，叔伯姨姑們懶得再葺修舊厝，保持原貌或者有另一番歲月潮霉的古味罷。

蒼涼，正是環顧此地景致再恰當不過的形容詞和裝飾品。

他無時不想著：蒼涼……。那時豪門望族的張家邸府，戰火蹂躪後，是否也是如這裡般殘破？張愛玲在比此更蒼涼的情境中，死守孤獨度過她的寫作全盛期、文學黃金盛世，在最貧瘠的硬壤裡奮力出芽，挺莖，綻花，展葉，終究成就當今文壇稱絕的奇葩。那種與世代頂風逆行的文質，絕對既陰沉且陽剛。

他就著行袋裡斜倚的幾本藏冊，無心翻著翻著，描紅式地跟隨她所習曉的蒼涼調子，亦步亦趨追索。心甘情願被她緊緊牽著，他在迷宮似的字裡行間遊歷，感知一種藝術姿態、一種文學樣貌、一種張愛玲腔。

讀她有美好的疼痛，隱隱約約又直直坦坦，她真是好的。好的感覺，彷如是久違的童侶，青梅竹馬地倚在心的最脆處。啊啊，真想與她玉石俱焚。

耽讀《半生緣》，窗櫺上疏影的婆娑動靜，應和著書裡處處以文字事奉的亂世兒女悲歡離合，節奏是悲的、悽的，音符是黑的、灰的。曼楨是她的化身吧，負荷著悲劇人物的包袱，坎坷人生路艱難險阻，而她長身玉立、風華傾座，削瘦纖弱究竟能揹著凋影苦行多遠？小說深深切切實在寫得扣人心弦，他反而為現實生活裡和書裡的她萬分擔怕，小心捧讀著，小心衛護著。愛情呢？是不是也該如此小心捧讀、衛護著？

為此，他更覺值得迷戀和無悔的耽溺，《傾城之戀》尤甚。雖然張愛玲從不曾給他對浪漫有任何憧憬與想像，但也絕對不擠眉弄眼胡亂示意。《傾城之戀》對情愛的著墨甚多，所以娓娓閱來也最感沉重。湯湯滾滾的漢江濁河，灘岸上演繹的戰亂情事，范柳原、白流蘇就在滬城、香江間漂流聚散，他們互相交付給對方的生命，必定時時注視著對愛情種種什麼都知曉的了然。這了然足以穿透俗世、見證生死，即使存亡絕續之秋猶直往裡竄，以肉身挺抵世換代變的劫毀、人事播遷的無常。故事的結局似預言現實，人間怨偶差可比擬死生契闊，因她，雖有萬家燈火，也只一燭燼滅啊。一燭，足以燃亮用清寂幽婉布置的夢境。

所以，所以他模仿她的孤寂口吻，喃喃自語：告別罷，我不回去了，告別只為成就隳頹、衰敗。「紅玫瑰久了紅變成牆上的一抹蚊子血。白的還是床前明月光」，細膩讀她早成經典傳奇，「三十年前的月亮早已沉下去，三十年前的人也死了，然而三十年前的故事還沒完……，完不了。」青春殘骸無以復求，生命幾度跋涉，終也該赴向晚、消殞。

是她清貞堅決推垮了世紀末的斷瓦殘垣，但卻將所有讀者都圍入她所設伏、細膩雕鑿成龐闊夢境的小說世界裡，都陪著她面對孤景自傷自憐、又哭又笑。《傳奇》的〈自序〉顯透地檢視了生命錯走的殘跡：「如果，我最常用的多是『蒼涼』，那是因為思想背景裡有這惘惘的威脅。」蒼涼，這辭真是豔得奪目。他也襲用「蒼涼」這詞來形容愛情的猥瑣，總忸怩作態，學不會鴛鴦蝴蝶，感受不到危殆毀垮，只能將之又放回記憶裡，再烘烤個三五十年，讓世事風吹雨淋，看能否焙出如張愛玲不刻意用筆、以生命也能釀醞的那種醍醐：惘惘的威脅。

蕭索院落內內外外，他習慣性地來回蹀躞，找尋一塊未曾愛恨悲歡過的夢土、一扇未曾開啟的心靈風景，甚至等候未知誰會擦肩交身的那誰。書裡，張愛玲果真有那塊夢土、那扇風景、那個誰。

斷斷續續讀著，時序彷彿推回至民初。「虛偽之中有真實、浮華之中有素樸」，一如每件親手編譜的文集，她所織縫的正是綾羅綢緞，她所繡綴的正是麗裳華袍，但卻被動盪時代一再改裁她的命運。她彷彿伏在稿紙上撲著蝨蟲，趕著蚊蚋，努力保有生命、愛情裡的精純乾淨，無奈她太愛蒼涼了。然即使淒絕得澈心透骨，他也想將之折轉成軟軟柔柔的夢縈魂繫，拋入顛沛流離間。他，自擬胡蘭成，天涯蕩子怎麼都該演成流浪無羈吧，而她真真對人重情惜愛，真真對文綴字飾語，那能留棧得胡蘭成的塵土雲月於己心衷願的燕侶鶯儔、比翼雙飛呢？

為之扼腕，也為之哀嘆。設身處地全為她。

這屋子好安靜，靜得透白，白得淒絕。這屋子好像只有他跟他的影子守在一起而已，當然還有張愛玲，只是不知她躲在何處。而「不知她躲在何處」的恐怖畏怕，不斷、不斷長大、長大，而不時的撞見，不時的偶遇，不時的邂逅，不時的不時兩相對照……。

是的，能親眼見她是福分；見不到她，讀她的文集雖如隔層紗，對照的距離感拉開，更有一種時空縱深的參差，然而，參差的對照豈只一往情深一句了得。闔上《秧歌》，覓尋張愛玲的蒼涼之途真是太辛苦，良善小人物宿命地任由大環境宰割，農稼變革磨礪中國人的堅忍韌性，筆下有困苦、有艱難，更有苦難中的不屈不撓，對她皆竟成信仰。

某個時辰裡，小說內千軍萬馬奔回所有的痛，踐踩讀到她才猝然崩潰的悲與哀。生與死的時空都交疊在章回內，斷續的似斷還續，離合的應離仍合，張愛玲真女人的筆性，一遍遍溫習綿綿舊情，文字是鑲寶石的，故事是串珠鍊的，滿籃子裡裝的皆是溢出夢想邊緣的美啊。至於穿過中年、直往衰老退守的他，美，尤其這個慵懶午後，總擾得心洶洶而呼呼著急喘。

而小小渺渺的他，放進兼有烽火戰亂、昇平盛世的大格局裡，哪裡夠格沉緬她在兵荒馬亂裡仍堅守的坦然！她從從容容演義、不疾不徐鋪敘著墮落繁華，以巨著小說錄記了自傳，埋放了線索，讓後人輕易地從文字裡找到她，乃至眷戀，甚至難捨。

午后陰霾，微雨淚濕歸人欲回的路程，打斷他兼程返家的念頭。沉湎〈色，戒〉裡，她被阻隔在滬市的咖啡廳內的角落一隅，獨飲，更獨自對付民族的春秋戰國；而故事與她對坐，不無聊寂至極，興來，同這亂世參與了一場忠誠的嬉戲，乃至是情慾落敗的戰俘。其實小說與她之間虛構著一塊模糊地帶，他之於她的種種閱讀觀察，像擋著毛玻璃般隔離的朦朧窺視，看得見、摸不著。

時間殘忍推磨，一點一滴滲進生命的裂縫，就要溢滿了。滿了溢了，如千針萬刺，他不忍貪看、只覺深痛，月光正好，靜默得彷彿長長拖著跨了一整個世紀的慢慢……緩緩……

家具簡單、霉潮的仄室闔著毿毿，膠稠陰柔的氛圍，漸次向死推挪，步履輕盈得令她不覺不曉邁向晚年。獨來獨往，愈愈掩翳了她的神祕，連她的往生也那麼淡出。從喧雜的市廛裡隱遁，她，老是安靜而從容地抹了顏彩、撒了光的屑末，他總在猜：這麼多個牛郎織女七夕，她是如何陪自己孤獨度過？

再豐饒的情愛，也將墜入垂暮之年，但卻無力催老「歲月靜好，現世安穩」的一輩子誓諾，他被張愛玲所添註的這句婚辭深深打動，他也想靜好、亦盼安穩啊。同樣是如十五月望的明夜，雲霧不遮翳糾纏，他願以身試證，稟受一切命定緣繫，執她之手，以及《張愛玲全集》，和蔥綠配桃紅、前世伴今生所堆疊的後張愛玲時代，一起帶著永難再勘破的傳奇，與她偕老。

此夜無人伴度，有她的蒼涼陪也極幸福。那夜，她畢竟走了，荒天絕地永訣了，他還怔征癡癡等在小說的祕處出口、候著她趕來帶他往更古舊的夢裡……。這三更花魂亂舞，總是難捨終必捨呵，縱是「舊事淒涼不可聽」。

蒼涼末路一逕孤寂展延而湮遠淡逝盡頭，永遠的情人會永遠記得她的，張愛玲……

他vs.緣斷

情與晴雨記事

世界依舊晴雨未定。

從途經雨港南下風城的行旅裡，路途延展著滿滿一車異鄉人與壅塞的歸心。適巧，卻在晃搖顛簸中再見到她，正懷疑自己眼睛所見的霎時間，時光彷彿墜回多年前邂逅時的同一景幕，絲絲縷縷牽出曾用心深刻雕琢的一段深情……

她斜倚在前排座椅上歇息，瀑垂的長髮披過椅背，髮間別著一只鑲有粉紅色碎琉璃的髮夾，直直鋪在他的視線前，有如流瀑……，他目不轉睛地瞅著想著，樁樁往事如影帶倒轉歷歷如新，重演著最菁華的片段。他直想攀過前方，潛入她的夢境，再次癡情向她展示他的耽溺……

他真動心了。

人生的晴雨未定間，他不時在想：愛裡的神祕風景秀麗瑰豔，她究竟要如何勺舀飲用？每每見她徐徐打開隨身攜帶的手邊簿子，逐一記下相思症發作時的氣候、濕度、及歲月踽行過路徑所留下的氣味、色澤、殘跡的親目所見，密密麻麻填滿整冊，她是如此多愁善感地為生活立傳寫史。而愛情只是其中無解、不可解或難解的章節之一，被疾疾翻閱，沒有留下眉批注腳……

車戛然行止。她起身的同時，夜色也恰如其分地燦爛勃發於濕霧濃重的氤氳裡，朦朦朧朧的露水停滿了玻璃，望不透窗外，更看不清她的甕底心事。欠身迅速與他擦肩而過，匆忙下車，她的神情像極了分手那天，恨將情緣一筆隨便帶過的冷漠與決絕。

冷漠與決絕？多麼生硬、難以咀嚼下嚥的表情和心境啊。在猥瑣於人生奔走而疏略經營情愛夢土的數年間，她的影籟如同青梅竹馬、相知至深的兒時玩伴，已是他拚奮前程的最有力支柱，他們共同扶持，人生的繁景即將建成。沒敢喚她名、相認甚至找個地方聊聊近況、留下聯絡電話，一切從容流逝，就怕又觸昔景、傷舊情。

最後一次見到她是在他們都熟識的朋友的畫展開幕式上，繽紛的色彩宴會沒把她的美麗掩埋，她永遠燦爛奪目。她把頭髮剪短了，齊耳的清湯掛麵一直保持到與他分手後才又慢慢留長、結辮。慣常的古典式褂袍倒是換了比較鮮豔的顏色，舉止不再拘謹，爽朗地談笑風生根本猜不出她因失戀而抑鬱隱藏的百般心境，只有他知道她心底現在的陰霾天氣。與他簡略應酬式的寒暄幾句，已不甚熱絡，像築了一道透明的牆，隔出鴻溝縫隙，切分彼此，在在說明了她言不由衷的心情。

他恍然思起一些些殘碎的、未寫完的手卷裡所零散塗鴉的情感，太真實但辨不清面貌的記憶，是有關於他與她的天長地久。她也舞文弄墨，也以筆親身情戀歷練記錄生命的一五一十，在文學界域裡，他們分享創作上的喜悅，也分擔著寂寞與苦⋯⋯。獨自一人搭乘的夜車裡，世界的晴雨未定沒有對他造成多嚴重的影響，那夜黑的明度，還夠他深刻地逐字逐句推敲歲月裡不斷被賣弄戲耍的甜蜜與痛楚，命運的促狹沒有文本，胡亂搬演他和她辛苦共譜的戀曲，人世自有編排，你我怎生怨尤。

他清晰地看過她，莫名為著她那年輕卻鋪滿滄桑的容顏而略略不甘，陰柔姣豔的面貌一定藏了整座海般的鬱綠或天般的蔚藍。不知不覺翻越自己對拒絕回憶所架築的藩籬，心急地直接撲向未設防的人生初程，去投向嚮往的山或海，去深究一個在她這樣容顏臉後的身世是怎樣的琳琅滿目，而她早已知曉並假裝逃離情愛小說的敘述，故意讓他不容易讀到她任何蛛絲馬跡⋯⋯，愛情遊戲真真假假的在文學與現實人生間推演，年代夠湮遠，所以他和她的愛情傳奇更淒美。

他不時想起從前，花前月下如何的海誓山盟、如何的海枯石爛，句句感人肺腑的真心話，反反覆覆於他們纏結並蒂的生活，不遠的未來一如生死相許誓言重諾，他們相約謹守直到白頭。曾幾何時，她已背著他悄然越界，不時冒犯違忤……

直到有一天，她說她還是選擇要去流浪，決定離開他單飛出去讓自己放逐，攜著記憶去遠方旅行。至此結局演完的前一刻，他才坦誠對她堅守的不渝，不過已經來不及挽回了。他簡直無法接受一個被愛得發狂、獨領風騷的女強人，任性地走出現實生活框框之外，挺身執意往人間世外桃源獨走，然後很快地被塵俗人群吞沒的事實，他疼惜憐愛她莽撞執拗的抉擇……，情愛的裂隙成形，深層的不安定感於是重重地突然震盪了，搖撼著一段戀愛稗史無從記載起的過去和更早的過去。

她好生迷惑，像慌亂的遊民四處奔竄，沒敢奢望任何可容轉駁的援救，又飢又渴又累又冷，在追求幸福的路途上多攔阻，而分手，沒有爭執、沒有悲痛，只淡淡地說再見，一如未識。像他，曾有幾段愛情在他之前就已經來來回回徘徊於她的青春生命裡，貪婪地梭巡了超越肉體心靈共構的種種深刻感動。而每回歷過轉折後，歸至原處，她仍伴著晴雨未定的世界佇立茫濛中等候遲來的暴風雪，他不忍，真的不忍，心情的流亡才剛剛開始。

然而深刻的感動也是她眾多的慾望之一嗎？或者她正是依賴數量夠多的、情節夠深刻的感動，來餵養貧瘠枯燥的感情生活？

注視著愛戀失寵後的頹喪神情，她回顧思索深刻感動過程的其然和其所以然。一如若干偶爾浮現或隱沒的浪漫史，在人生的某段時日，她為自己的枯燥生活安排幾則錯字連篇的愛情，她以為這是個容易裝笨扮傻的天氣和年紀，適宜猜猜與人生有關的一些無解或複選的謎，所以她的愛情不斷地搬遷寓所、重新裝潢，她想要的無非是一塵不染或窗明几淨。

多年的多年後輾轉得知，她終於自前一間妝點裱飾華麗的心靈屋子，換到另一間室內布置簡單樸素卻典雅極致的心靈屋子去長久地住下了，選擇了另一個男人當作今生最後的歸宿，繫纜下錨不再流浪放逐，故事也暫時有了圓滿的段落，不致再荒腔走板地演繹下去，他是該衷心祝福的。而他不斷用疑問鞭抽自己，斬絕一段前情，後緣呢？身旁的空位誰來遞補或占領？難道愛的完結篇真的是從真正相識的那一刻才開始寫起的。

此時孤寂時刻，形骸鬆懈下來，性靈的呼喚反而格外清亮。之於深刻的感動的前因後果，真人真事的愛情演義，他聽得津津有味，但不感覺有什麼驚心動魄的情節，一切都太栩栩如生、太刻骨銘心，令他不敢隨便回憶。他宿命的撐過來了，不只因為這一直是他所眷盼耽迷且耿耿於懷的，也因為他已經能夠在世界依舊晴雨未定間，雲淡風輕地與愛聯手和生命斡旋，用真心換絕情。

他 vs. 獨處

孤寂樣貌

霧飄來了，很快就吃掉面前所有的色彩及景象，像蒙了眼。被吃掉的視界在凝望裡空出好大一塊足以塞入恐懼徨惑等等複雜情緒的平原，摸不著生命的邊際，他不得不孤寂。

山居的日子煙嵐相隨，總不時會失速的、時斷時續的被干預。

上山路途好友同行，一路東南西北漫談，彼此交換對生命無底無止的初略參透，同時爬梳自我最不忍訴說的慘黯歲月，相互傾吐、相互寬慰、相互激勵。而兩人誠懇說說心情，談談感覺，講講人生，毫無起源的就跨入心靈世界，他知道這是一段與自我結緣續福的啟蒙歷程，而他也終於確定生命裡對痛的撫按、對傷的養療、對哭的惜憐，心靈廢墟的重建與再造。

命運就是以這種神不知鬼不覺的伎倆，得以重複它捉弄戲娛人的慣性，靜悄悄的、輕聲躡步地偷襲他的一生。

迢迢飄過的霧，行色匆匆一如季節的遞嬗，依序卻不待駐足，來來往往經過窗前，預知巒峰間欲雨的幾番訊息。留宿好友，而勸喝、豪飲、酩酊交錯間，酒意與醺然也來來往往窗前，也是擦肩錯眼，唯其戀棧杯中醇釀，在花華雲影下歡度心情慶典，仰首傾杯一盡，才識人間福幸是可以喜極、滄桑是可以泣極的。

歲月的倥傯悽徨，總令他不忍顧目溯往，空樽以及酒滿之間頻頻驚過這生繁華與孤寂的無常，點了晚燈，高陽的《茂陵秋——紅樓夢斷第二部》伴隨，酒一盅一盅決堤似的沖刷它久經風化雨蝕的深情款款……

送走友朋，一個人，好似殞落的墜石，躺在深沉的黑洞，燈花靜靜焚燒催眠的天堂。

他在清貧生活裡的摺痕中等待自己安然入睡。更早前，偷閒的他依著藤椅也饜足了半個下午的美夢，桌前窗扇未闔，只見攤開的簿冊幾行紅紅藍藍的眉批注解，披躺在風呼呼颼颼的吹掠下，快抬不起頭來，他趕快掩上窗，翻回最後讀到的那一頁，理理夢留下的殘緒，用以掩飾、喬裝他對孤寂的怯懦與窩囊。

再深情依然會背叛的。是吧，所有願念從生滅與續亡中，生出悲喜炎涼，無非皆是塵俗裡捉摸不住的歲華吧。他藉著酒，摸索孤寂輪廓，觥籌交錯間，期能救贖一些些無心越界的激情。傍晚在後院繞了一圈，走上峰頂，山風勁掃中，斗篷護身輕暖，凡間世緣如此，能不驚異歲月一點點渣滓和塵灰撒下來，完全不像落雨或飄雪般的浪漫？

山裡，他一人，自成一個種族。他在窄小的空間裡用厚厚重重的書冊，畫定幾塊區域作為他繁衍生活的島嶼或國界。在此地，心靈的每一種情緒都各自統一領一個省或自治區，並且向他效忠。孤寂，孤寂的版圖最廣最遼闊。

酒剛好喝滿半缸，杯又已見底，再斟滿罷，斟滿，捧舉過眉謙敬來世吧，或者不識的前生。甫過三巡，他想堆起身軀，伸手搆搆對桌的剩酒，順便幫孤寂再倒一些。他以為悲極的孤寂，應該多喝一些的，多喝一些才足以完美表達出孤寂的曲折與冷峻，然而清醒意識已孱弱地無力再攙扶他了，手一鬆，醉意跌得他滿懷，魯莽地搗破一室享受獨處百無聊賴。

微醺加上口乾舌燥，情慾的感覺突兀的湧漫而至，他總是感嘆有過多的世故縛綁著，畫出的道德疆界不能逾矩，他簡直一貧如洗。每每捫心敢問良知，反觀如此精雕細琢的千感百慨，一朝花時謝盡，生命層境上的諦悟，他真會承受不住這樣一下子湧上來的豁然開朗的。因此，只有買醉可以學習到一點點癱瘓感覺的癲狂，他躺入觴裡，模仿高陽筆下俠義之士揮劍使武的豪邁、清高，很堅定的下結論，自己自認是回不去最初的夢境了，也不讓夢收容了。

而醉，而孤寂，一種鄉愁而國破家亡的灰調顏色。他深怕這真是一口無底井，在曠日廢夕的頹靡中，會因生命的漸次褪色而被淚淹沒；他又擔心白晝亮晃晃的孤寂不能承受暗夜默靜的黑漆……，純酹營營不倦的求索，為他前導，並且甘願留下來共守一個情境。所以邀酒與他同行。但走遍了一巡又一巡的歷程，是否將接續頭末首尾始終不相連的圓？唉，他想再進一巡，痛快地與十分荒蕪的自己乾杯。

踉蹌走回惡夜，推開滿桌的杯盤狼藉，完全沒有失聲痛哭的正當理由讓他揮霍情緒。於是翻出曾經在異國轉機時買的風景明信片，挑一張天色和因酒後泛起的酡顏近似的夕落暮景，輕輕一句短短問候高陽：酒徒，醉否？

寫罷，這趟人世，剛好飲盡。

長久而深情的耽溺已離他的生命基調很遠了，僅有的智慧也不足以支付對生死的迷惘困惑，望不盡的遠方很是晦沌。生命，孤寂裝飾，何等深邃和神祕。只是孤寂的主題最易脫韁，在他心靈的曠野凌亂踐踏他的平靜……

概許是書名與心情相近的關係罷，孤寂的主題始終圍繞著他的身周，拉扯他的形隻影單。他佩服馬奎斯會說故事的本領，即使講最誇張的恐怖事件、最平淡的人生細節，也以若無其事的輕快筆調娓娓道來。雖然冷僻的故事說得輕鬆高明，他仍設身處地為他日日夜夜埋首文字堆裡，孤寂地用文字抵抗著孤寂的萬般樣貌，孤寂而心生惜憐，感懷獨自在《百年孤寂》裡建立烏托邦式的馬康村內，遊遊盪盪所時時刻刻閃閃躲躲的陌生疏離，故事是永遠不會說到山窮水盡，但孤寂卻一輩子跟隨著筆到處流浪……

有時他藉著書悄聲靠近馬奎斯，竟不由得生了幻覺而似乎見到他所心儀的文學大師，那個筆下栩栩如生的世界和他身處孤寂的這個世界間的虛線，模糊的僅一抹即逝，但用力畫下虛線的筆跡痕溝卻清晰可見。讀著讀著，他就在一個人忽實忽幻、或真或假的時空裡摸索著文字的形貌，憑直覺來確定現在的孤寂到底正擺在心的哪一方。

意念的窺隱，伴隨著山相的綠轉泛黃而也發生了季節性的推變。

簡樸的生活裡，有些片段特別會生成自發或不自覺的壞習慣，譬如右手會欺侮左胸、牙齒餓了會啃舌頭、雙腳盤腿會發麻等等，起先他不以為然，久而久之養成習慣後，才知已割據了一部分領土的管轄權，他有戰敗的挫折感；為此感到扼腕。他遂在孤寂的生命裡堆儲足夠的光量，調整好心情，預備走入黑黑長長的走廊，可能的下一世……

他終究不確知地進入。走廊，長春藤懸布的拱形隧洞，類似《愛麗絲夢遊奇境》裡墜進夢井前的甬道入口，幽幽邈邈，盡頭通往一個心靈的感嘆詞、一座未開放觀光遊覽的字典。

喔，請允許他在這裡把罪愆孽惡停步，將所有沉重的、逐日消耗乃至形軀腐敗的青春卸下來，放置於虔誠的信仰上，他相信千帆過後，水面無一波一漣的靜謐，一切悔恨都會在這裡顫慄，獲得應有的贖償和饒恕，同時漸漸衰老。因此堅持，也因此不堅持。

盡頭突有悲聲隱約傳來，稀微得令他卻步裹足，莫非盡頭已有先行者哀歎走了錯路。所以站著，面向著走廊內的撲朔迷離，那像開導憂鬱症患者一般，無言無語，廊廡冷漠地不回應他的猶豫。他踮起腳尖，瞻望盡頭不斷迎面襲來的神祕，冷風颼颸……

走廊其實不長不遠，也沒有黑到必須燃燭照路才能過。沒人陪，沒盛裝打扮，也沒提起多大的勇氣就直直走進去了。停停走走，不時想著：到盡頭後，要易怎樣的容、要換怎樣的裝，去迎接久違或初識的風花雪月，走走停停，竟也花了前半生。

冒著險，即將抵達走廊盡頭，他猛然想起一支曾與黑澤明一起觀賞但沒看完的影帶《生之慾》，還流落在昨晚徹夜反覆播放的電視螢幕裡。他像喪失了什麼倚靠似的，始終惦記著出走時放影機到底按 STOP 鍵沒。他好想走回去，循原路穿越長廊，返回影片裡，探究膠卷裡未知的結局，噓寒問暖地關切渡邊勘治（志村喬飾）所放心不下的胃癌絕症和兒童樂園，以及晚來臥榻時，他的孤寂已老到什麼模樣。

生、死，本已命定原無關孤寂與否，但是老、病，卻演著殘忍而無可奈何的戲齣……

生命大半時候，他持續平均分配著心思版圖的權力勢利，他希望各種情緒在如此舛錯的人生中都能和平共處，都能在內心深處認同他私密的身世，並且忍受他一味的耽溺、囈語與獨白，繼而喜愛加諸於他關於頹廢主義的流言，他必須展現國王或君皇的領袖氣質，跋扈、專制，同時隱藏優柔寡斷和喜新厭舊的另一面。他想淑世，民主統治他自己。

生命的虛筆和實寫、拉扯與推挪之間，尤其此時此刻，摒除一切紛擾亂事，注目佛典每一辭句的機鋒轉意，逐句推敲逐字求釋，感覺其中的博大精深，也感覺其中的平淡幽邈，更感覺其中用生死也無法詮解的大義大理。訴諸潛意識，保有人生應固執的那麼一點點哲思，斯時斯地，或願寧守靜、淨、敬啊。

「安頓無意識的情緒，親如自己的子民，」依著《廣闊的視野》作為治國綱本，他唯唯諾諾地遵循，太希望打開自己被孤寂鎖死已久的視野，視野，應該無限無界無邊無際的廣闊的，他直覺認為李維史陀也贊成他龐大系譜的種族裡，「沒有一件脾氣和個性是無辜的。」的這種直覺。

就在曩昔重疊迄今的許多記憶，以及記憶互涉過程中結構起來的情節中，他追求的是生命的密度濃度，而非長度寬度。如何長、怎樣寬都不及宇宙的浩瀚，人太渺微，夠濃夠密才能讓生命發熱發光。過了而立之年、仍然未立的漢子就在寒暑日夜間談及迢遙路上所布滿的歲月皺摺，其實他並不想預知終站有何綺景，他簡單說一段人生故事，一段即使避到天涯海角也會追隨的命運遭逢，滔滔說著自己，聲調不再顫抖、破聲、沙啞、結結巴巴。

即將下山之前數日，竟連續失眠，在寤寐裡數著一個個跳過欄柵的自己，他站在這裡，非常相信所讀到的恰是一個可以準確窺隱了自己與他她它等眾人靈魂的隘口。所有人走來行去，任何一語一舉都成為依附在他這個觀察上的注腳，每個人都想用對方的身體來溫暖自己冰凍的心靈。然而彼此親近後，才發現對方的心比自己還冷，還孤獨還荒漠，遂又各自尋找下一個依附，繼續發展屬於自己的情節、狂想、噩夢乃至信仰遵奉的主義。於是憂鬱再次浮現，他還沒學會如何在別人的凝視中也能依然自我孤單地喜樂。

他必須先學會愛自己。

於是他更有理由懷疑，在鏡裡對照的孔竅中偷瞄到隱私，正是病酒悲秋的中年情貌。早知當初，可能就不會那麼執意堅守輕佻、疏漫而且愚蠢的自以為是罷，而今不斷滋長的孤寂，對他來說絕對不是單純的只一個人而已，那樣的落寞確與生命等長同寬，不多也不缺。

所以，他提醒自己：離開山的時候，應該留盞月光的，免得霧再飄來、強據窗前之時，他又自戀得想揮拂根本揮拂不去對往事想念的無度窺隱……

他vs.此生

風雨同旅——寫給此生，也給她

生命是不斷離開和駐留、拋捨與拾獲的過程，跟著年歲遷徙，才剛剛起身告別，旋即又落入下一段遇見。我剛剛遇見生命裡最值得禮敬的貴人，祂將誠懇一步步領我探問他方，再一步步走回心底。我要勇敢啟程了。大家安好。再敘。

知曉他遇見了「貴人、祂」，是發來Line上明寫的，字詞間溢著悅喜感恩，真羨慕他有此福分遇上良師益友。也好，他投身職場江湖闖蕩多年，還混不出個響亮名堂，有此幸運際遇相識貴人指引，倒也在他庸碌俗常的生活裡，猛然燃上一盞明燈照路，還真為他高興稱慶。

幾位 Line 群組收到訊息的友朋們，紛紛已讀並連連回訊慫恿他要不假私心地公佈「祂」是何方神聖俠士；「貴人」姓何名啥、大師在哪善緣度化、懸壺濟世，能否引薦相識以開示解惑。

但之後，他竟緘默無語而未再回覆、靜靜躲了起來。

卯月時分，農曆春節的年節氣氛延續至元宵十五，寒流留連未退、冷氣團仍嚴嚴環繞，但春初烈陽早也抵臨而煦煦耀照，乍暖還寒、衣服穿穿脫脫的，天候多變老抓不準。

這時該是關注油桐花何時綻開之時了。遠望山頭還碧綠蓊鬱一片，尚在醞釀、籌辦即將盛開全台的榮典，要再重溫多年慣常結伴同旅、徜徉桐樹間林蔭步道的美好，恐還需再等等等。而他總是每回油桐花行旅的發起者，大家總期待著他追蹤開花情報，帶領著大家深入祕徑、探幽訪勝。

突突然再想到他，趕忙拿出手機、點出 Line 群組，再再讀著他那則樂於分享的好事，準備好好調侃戲弄他一番，遂主動撥了電話過去，才知他病了。

＊＊

匆匆帶上養生伴手禮、急急趕赴探望，他竟因罹癌而住院數天，並已訂好時日、準備療程前期的開刀手術。

甚是萬千訝然。與他對坐病榻前，風雨被擋在窗外，兄弟間豪情地論天說地，話題總不脫此時此刻正面對決的病況。言談間提及日前發來的 Line 云云，哎呀呀，真是錯讀了這封短信的真義：「祂、貴人」正是鼻腔癌、頭頸部腫瘤的禮敬尊稱。而他還不改幽默地形容「祂、貴人」是不慎孕懷的私生嬰子，正計畫予之早產臨世，再之遺棄超度，並拜之一輩子……

嫂子安靜陪在床旁，伺候著他喝這吃那、瞻前顧後的。而小桌上放著一袋艾草菜包，除了是今日午餐外，也是招待來訪朋友的拌嘴零食。他太太、嫂子是苗栗頭份的客家人，簡樸勤儉得很，每次到府上作客，幾乎都吃得到熱騰騰這包子，半透明的糯米皮包著蘿蔔絲蝦米豬肉丁的鹹餡，佐品著粗磨過芝麻花生的擂茶，話匣子就這麼打開了，這可都是嫂子的家傳手藝呀。

而聊著聊著說到數天後就將行刑的開腦、剖臉手術，嫂子簡直嚇死了，他倒是輕描淡寫、忠實解說了整套風雨即將掃掠的流程——手術刀將自右上鼻翼臨眼瞼處劃下，繞著鼻梁切割，彎至鼻孔前，轉鼻唇溝，穿過人中，再下拉至上嘴唇止……，刀程一路蜿蜒崎嶇、跋山涉水遊過右半臉，順利的話，旅途走完約需三至四小時——他手，在臉上揮舞比畫著行刀路線、他口，複誦著主刀大夫的專業說詞。一路聽來崎嶇艱險，大家都覺膽顫心驚，雞皮疙瘩神經汗毛紛紛肅然起敬，更不時為他捏好幾把冷汗。

風雨前後，不論短信所言或是閒聊所談，迄此他總強顏鎮定、故作灑脫，惟恓惶驚懼的真表情全寫在臉上，清清楚楚，不容他狡辯掩飾。值此生死關頭，有誰敢逞強裝勇、拍胸脯說不怕的！

＊＊

病房內侷促狹隘，但嫂子與他卻能寬心攜手人生同旅。此刻山雨欲來風滿樓，他卻疲憊睡去，嫂子為他蓋上薄被，以禦病房內冷氣猖獗。是的，該多休息的，該多養精蓄銳、整軍經武，以準備世紀戰役的攻襲。

他睡得真深沉。風雨無擾。

嫂子才是辛苦，他住院已一整週了，費心照顧他起居飲食之外，也陪著送往迎來，還須兼顧婆家娘家，勤忙於來來回回兩座城間，她始終進退有據、知命認分，客家婦女的持家本質表露無遺，大家都直讚她是好老婆好媳婦好幫手，而他真是好好命。

小桌下，隱隱望見他那個粗糙陳舊的隨身行李箱，滿身傷痕地橫臥在病房一隅。這可是伴他南征北討、忠貞追隨的貼身寶貝呀，那只行李箱拉鍊扣子掉光、接口爆裂、輪子磨蝕得不成樣子、伸縮拉桿反應遲鈍、密碼鎖扣銹蝕難辨、貼滿撕也撕不掉的航空飛行貼紙……，這只行李箱毫不起眼，但卻很實用。總以為美好的行旅，是一段踏青遠足、一回異國觀光、一趟親水抱山、一次名勝遊覽、一遍古蹟考察、一程極地探險的完成，其實不然，其實只是與行李箱的結伴流浪而已。而想了解他，不一定要坐下來長聊個半晌全天的，打開行李箱，就是他生命的赤裸展示、如實呈現了。

他始終帶著它，遊歷過無數或艱險、或順遂的滄桑行旅，只是呀只是，這場病痛的颶風驟雨，此葉輕舟是否還能硬闖得過萬重山嗎？

嫂子直是揪心，顫危危地簽下手術同意書，胡思亂想著：會不會在手術台上他就兀自拖著行李箱，任性自私地直往天堂樂土行旅去了呀？可千萬別丟下我們母子呀！他才五十半百還年輕，賢妻乖兒身旁跟前圍繞的幸福景致，他怎敢、怎能、怎會捨得？

＊＊

困守了好些天的、才三四坪大的病房空間，是一座枯城荒城死城，城裡僅一床一桌一椅、全無遮擋，足令我們直視著、對看著無窮無盡的不安與恐慌。

他呀、這個一窮二白的素人，直把青春作盤纏，孜孜蠅營於討生活，行旅間揹著嫂子愛兒，拎著的唯一行李，是衣錦還鄉的慾望、是成家立業的夢想、是保家衛國的大願，面對未來，他滿懷硬頸精神、客家性格，他是敢於割捨、掏空、棄絕地勇往的。他心中雖堅然篤定，但還是有種時不我予的惆悵，年華過逝殘忍的確如此，病痛摧剝殘忍也的確如此。

手術前晚，大家全集結在病房裡，為他集氣護佑。嫂子在床頭掛上自新埔義民廟求來的忠義香包，祈請客家褒忠義民爺能出面相挺襄助，賜他力量，度過難關重重的風雨而平安歸返。

晚來，突見一灰鴿疾停在窗台前，來回遊走低頭覓食，駐停一會兒就振翅飛走了。他見狀撲了過去，欲捕未果後竟突然說：我想飛，遂攙著他，緩步移至陽光室，窗景視野更寬闊敞亮，他張開雙手，蝶翼般輕盈迎風拂動雙臂上下擺盪，時而攤展、時而合攏……，他飛起來了、他飛起來了，翱翔得很遙很遠，追著灰鴿的航跡，飛向一則古老的神奇傳說。

是的，給他一雙想像的翅膀，會比打多少針、吃多少藥都還見效。

然而，道聽途說的嚴峻療程和耳語相傳的困病經歷，橫阻在即將上手術台的當前，豢養著不斷長大的徬徨慌心，他明早就要衝進風雨、攻上戰場，他左支右絀、他忐忑難安，平靜心湖都被攪擾得洶湧滿溢了……

＊＊

時間始終凝結在推入手術室的那一刻，許久許久……

大家等待著等待著，彷如歷時一千年的空白。

……許久許久，手術終於結束，他被推回病房了。嫂子立即迎上去，哭著頻喚他名，急切的呼號猶如春鶯啾鳴迴盪在開滿油桐花的峰巒間。

他閉目如佛，鼻胃管、引流管雙線牽引著生命的殘燭，整綑紗布塞在鼻腔裡堵住血水決堤，一字縫的刀痕如百足蜈蚣霸占臉上，安詳、靜穆，像個初生之嬰墜入人間，將重新認識這個曾經再熟悉不過的陌生世界。

例常量體溫測血壓、送藥巡房的醫護工作，護士每隔三四小時就會進病房執行，但如何拉手翻身，他都沒醒，持續深陷在手術後的昏睡迷眠裡。靜靜攤開他的手，掌肉厚沃如丘陵崧巒之峻饒，翻過來，掌紋皺摺如大河長川之源遠；緊緊握住他的手，只是想傳遞好友至親們最誠的禱祝、最真的祈福，我們兄弟拜把知交多年，就數這回最義氣相挺了呀！

嫂子急了，醫生來巡房，她拚命追問了好幾次「他何時會醒來」，就像在急詢「桐花何時會開」一樣的焦慮。猶記得每年都循著花期、讀著山水，早熟的客家情懷，含蘊著白皚雪花紛飛的絕美，像詩的某種鬱抑在字裡行間蠢動、在心底浮湧、在山野嬝繞，深深領略那種頹然而篤篤躍跳、被悲歡情事潑醒的感動，桐旅美景其實無需導覽言說，置身其間而深刻意會，即使光斜雲移百般干擾也無妨，一如體認生命起起落落。

是的，所謂生命，極端渺小卻也無比巨大，又何其強韌及脆薄，不由言詮筆釋，那管腳下踩的是豐土是瘠田，反正必是專注的踏實面對。若說放下是人生的終極境界，大病巨痛就是斷、捨、離的反覆試煉，斷念、捨意、離情，即使是赴湯蹈火、即使是折磨摧殘、即使是萬劫不復。

大家也急了，輪流附在他耳邊，輕聲勸他就此放下，趕快醒來吧。

＊＊

像前線信差專使快馬馳奔送達的捷報：他醒了。他醒了！

他終於醒了。大家歡聲簇擁著，眼角噙淚可是嘴邊帶笑，明明剛剛還濕紅雙眼、忍住不哭，見他平安歷劫歸來，那奪眶湧泉的眼淚是喜極而泣。

嫂子先衝過去緊抱著他，哭得嚎啕穿心，彷若隔世再見。大家都見證了嫂子的真性情與夫妻倆的真愛情。每天每天，嫂子都從家裡煮了他最愛吃的薑絲大腸燴粄條、福菜湯、起拔麻糬，以預備他醒來時可食用止饑以解鄉愁；每天每天，用心準備來的這些客家道地的美食佳餚，後來都進了大家的肚子果腹，但她依舊每天每天煮來，用客家碎花圖紋的布巾包暖著，繼續用電鍋煨熱著，守候著他甦醒歸來……，今日他終將嘗到嫂子的愛心了。

他微張開眼，還未哎呦哎呦喊痛，第一時間就嚷著討水喝，像剛爬涉出久旱荒漠的乾渴似的。趕忙遞上吸管、水，他大口狂飲著，似吮啜著母體的奶乳，像要喝下一座海。他真切活過來了。

這真是人生連續劇最精采的一集，簡直劇力萬鈞、高潮迭起啊。人，呱呱墜地而「生」之後，「病、老、死」就接續輪番襲來，任誰也躲不過，他挺身相迎這群年歲的列隊經過，「病」正昂首排在行伍最前面，只是心中滿是萬般戚戚恫恫，糾結某種越是掙扎越是羈絆的情感纏縛，以及某些委瑣的心不甘情不願。

＊＊

紗布撤了、縫線拆了、針管拔了、血壓退了、血糖降了，醫生終於准予出院、繼續居家療養。辦完手續，伴他和嫂子一同走出醫院，陽光燦耀刺眼，一切彷彿沒發生過這場狂風暴雨似的，總覺得那是夢是幻是假。生命或有斷裂、折損、碎爛、殘缺……，都該面對其所領受的風風雨雨，開拔最為艱難的行旅，猶若求解最為艱深的天問。

手術雖取出癌體，但醫生仍擔心清除不全，追著病情演變，再開出藥方：連續六週的三十三次放射線照射和六回標靶藥劑化學注射。這將更強效而徹底地一舉殲滅癌細胞之殘寇餘孽，當然也將侵入、竄擾、乃至摧毀五臟六腑。循此路往後再走去，又將是心苦意頹、形耗神廢的另一段人生行旅，他不怕，擎起義民精神，再次武裝整備、英勇迎戰至終……

上一場風雨方歇，身子還羸弱殘虛，他閒不住竟起了遊興、拉著嫂子的手，再上了Line群組，約了新交舊識的親朋好友，趁下一場風雨還未起，催著大家在花期正盛之時趕快啟程，再相攜結伴走一趟油桐花紛落如雪之旅，以紀念、甚至歡慶同旅過的這幾場風雨。

他vs.記憶

尋找一場風雨——失憶後記

○

「我是誰？」

他狐疑地詢問鏡裡的他，他也以同樣的狐疑回應他，並沒有如他所願的給他想要的答案。嘴角隨張口問話時的肌肉拉撐而牽起的紋皺，纏綁著老衰的面容。佝僂的身軀快要讓他搆不著鏡子的下緣。「風雨已經來過了嗎？」他又問了。他也沒回答。

一

就像許多參與者同樣的癲狂，他也蜂擁趕來，搶著閱讀別人自生命深處挖掘出來的書籍或繪本、雕作或塑品、影劇或舞戲、曲調或歌樂。那多采多姿、那燦爛奪目、那豐厚富麗的種種回憶，太吸引他了，他簡直流連忘返。不過，在轉身想掏取自己的諸多往事與人分享時，他才發現無意間遺失了自己，而無法盡情與老朋友們共襄難得聚首的生命博覽會了。

在此之前，還清楚記得尚在隨手可得的近距離範圍內、被他緊緊看管守護，並且可以隨心所欲取用的整籮筐滿滿的往事，轉瞬之間竟不可思議的全走失了，他恍然驚覺前半生苦心積慮、珍藏的記憶竟是如此草率被棄守、被銷毀，而無法向眾人展示顯傲他的豐盛與富有，而每每自責。他，勢必重新認識一段熟悉得十分陌生、陌生得十分熟悉的身世，重新跋山涉水四處取景，重新拍攝一部黑白黯淡影像的紀錄片，交代過去的精采或驚險故事中遺漏的情節或祕辛，以補足完整人生的缺憾。

二

窗外的街燈幽幽射進一方孱弱的光，恍若前世稀微的記憶，有點亮但看不十分清楚。深居的房裡有如洞穴迷陣，那是他情緒唯一的藏身處，斗室裡的每一平方吋疊著或貼滿了各式各樣形狀和顏色的壓克力碎片，掩蓋住四壁的徒自蒼涼，並模糊了直橫交織的牆角稜線，避免尖銳得刺傷觀覽的視線。

如此另類的室內布置，或許便於喚醒一些較凸顯或烙痕較深的前塵往事，但是午後的陽光成群結隊自窗簾縫隙飄進來，毫無秩序的，視若無睹地干擾他回想前半生璀璨和庸俗的用心。

他伏在衣褲以桌角和椅背間搭起的違建內，雙手盤結攤在地上，下巴倚著手肘，僅露出雙眼乾望著室內從地平線立起的種種建築：譬如塞滿各角落的幾件舊家具、數盆蒼黃參半的盆栽皿缸、瓶瓶罐罐箱箱盒盒包包袋袋，還有滿坑滿谷的破書冊臭鞋襪髒衫褲等等。

他深覺被空寂一舉淹沒的窒息感。

面對排山倒海而來的空寂與窒息感，他到底知不知道這節節敗退的記憶力已經逼臨懸崖邊上了，徹底輸了，再也扳不回頹勢了？他斜靠椅上，抽著菸，視線奮力撥開裊裊煙幕，遠遠對望著藏在墨色裡的自己，最陌生的我，他簡直無法相信幾十年收藏的回憶，一下子全部殘酷地給戳磨光了，愈磨愈老，愈磨愈鈍，愈磨愈不認識自己了。

三

他需要養分來菌生記憶的滋長，諸如：老照片、舊書、故人、遺物……等等之類的，都可以餵飽他。而這些東西全堆放在閣樓上。

往頂樓的長廊光線忽暗忽明，他躡足爬上樓梯，木條肌理的他的影子，竟與樓梯的材質映著相同的紋脈，他有一級沒一級的上上下下，動作雖狀似跳躍卻步履蹣跚。他想要儘快找到它們好一一指認他的過去。

拭去牢記與遺忘間一線之隔的區野，可以既容身纏圍又盡情逃逸的，只有想像了。

氣喘喘爬上閣樓，發現儲藏室裡空無一物，他才恍然記起：前些年他心血來潮已將那些堆儲多年、該丟卻捨不得棄的舊物翻箱倒櫃的大整理一番，絕大多數的東西全都塞進垃圾袋裡，當晚他就提著，穿越城北正通宵達旦歌舞的宴慶，扔棄在會場旁的廢物堆置場了。他還抱怨東西太多太重，提得手好痛哩。

從樓上落寞下來，他孤坐於樓階，像被遺置的棄嬰，衝動得想哭。沒有任何情緒願意收留他。

四

他依稀記起平生只去過一次的馬戲團。

那是他記憶版圖的極限與疆界。

城外近郊有一大片空地，平時荒廢得已長出將近人高的雜草。此刻偌大的帆布帳篷內，壅塞著湧動歡騰的笑語和尖叫聲，沒有距離感的危險凶猛與溫馴可愛，都同時並列於舞台與看台間。他記得去看表演的前夜，還高興得從房裡翻出故事書，重新溫習書裡所有逗趣的把戲，甚至還特地跑到公園去練習盪鞦韆，感覺空中飛人的翔姿……

在那孕育孩提夢想的懷裡，他流盡一切淚水去換取親近夢想的玩心，學習用聽來的童話編織一個被滿心期待的馬戲團。他說他最喜歡那一齣空中飛人的戲碼，人竟神奇地沒長翅膀也能盪來擺去，總令他驚訝得瞠目結舌；他還曾發願立志要做小丑，嚮往所有色彩都往身上攬的愉快。他的粗淺認知裡，一種可以玩耍又可以得到掌聲，甚至表演完、落幕後還可以奔到台前接受歡呼的驕傲的事，就是他所謂要立的志向，而小丑的幽默逗趣真的騙到他一整個童年的快樂。

兒時的他還小還太幼嫩，還無法感知現實的威脅，他在儲存想像，統統寄放在最純潔的生命裡。他在幽暗的童年時光裡斷斷續續悲歡著，勉強讓時光變成一種救贖，於反覆的生滅中尋索一點可能的小快樂或竊喜，屯駐他小小年紀所建構的小小挫敗或勝利。

此後，它如空中飛人似的單身飛翔在生命中的上空周邊，對兒時往事用一種超高的視角來觀察，他不再以簡單的語言表達七情六慾，不再用幼稚的思想不知天高地厚地試探世界，然而無法繼續回憶的辯證，他的童年來不及配樂和上彩，所以不夠五光十色。更由於近乎癡迷的懷舊癖，繁多但不被記憶來背書或印證的生命，都是會輕易被遺忘的，偏偏他是不斷拋出記憶往事而洩漏了痕跡和底牌的。

五

踱到後院森然的園圃，偶然看到隔鄰後陽台曬的黃卡其制服，腦裡不覺浮現出與求學生活相關的一大段青澀時光。準時地，黃底黑條紋有如豹皮斑馬身的校車，緩緩靜靜駛進來，輾過少年時愛幻想的一些春秋大夢。

車道兩旁各停靠了一條車龍，像是畫歪了的線，曲曲折折鋪向學校座落的概略方向。他知道他的年少還需要過幾次紅綠燈、幾個馬路平交道、幾座高架路橋才會到學校，才會求得知識，才會長大。坐在校車上，第一排第一個靠窗的座位是他最常坐的位置，唯一可以解釋的是：他喜歡和司機觀望到一樣的風景和路況。

那時他唇邊已敷上了一層薄薄的絨鬚，聲音變粗了，低沉得自詡是頗具磁性的沙啞，身上約略可以搜到青春悄悄偷襲的證據及災情。

校車在忽而亮現車水馬龍的街景、忽而巡過櫛比鱗次的市廛、忽而隱失人聲鼎沸的喧囂間左彎右拐、前進後退，記憶也暈頭轉向地在路街巷弄間奔竄，像無固定路線的流浪，穿越他的青春歲月……

六

廚房的水龍頭沒關緊，滴滴答答的，像霪雨般淋著午餐後堆置於水槽內油膩膩的盤碗筷匙，由於滴水沖刷的力道薄弱，以致白瓷的餐具表面結成一球球閃著油光的露水，哭著這樣綿細連續的聲響，規律地敲拍下午延續至接近黃昏時刻還在沉溺的白日夢。他努力回想幽暗空間裡，以思念澆溉長成的一花一草一木，它們是如何善待它們的過去的呢？隨著他對往事加深的憐惜，居然也生出念舊的覺省，而他甚至為這因失憶而壯烈的潰爛朽腐覺得美，或者就像發現蔓蕪的曠野冒出翠芽或劈倒枯椏般，他發現自己居然愛自己愛得那麼殘忍，又那麼慈悲。

七

坐回床邊，抽衛生紙擦手的同時，他幽幽翻見那條疊妥安放於櫥櫃頂層的手絹。小心取出來，攤開，粉淡靛彩鑲蕾邊巾帕，裹著馨香的郁味，那是他們協議分手、數年後再重逢時相認的信物。那手絹，以前她時常揉拽在手上把弄，姿態婀娜嬌柔、風情千態萬種，蓮步時還會牽著和風而飄飄然，出塵落致得令他傾城傾國。那時，信物手絹確實幫他安定了內在最最不安、荒涼、頹敗的，失戀後的內憂外患。好久好久了……他的記憶還流連在懵懂無知階段，對肉體的洪荒即使窮山惡水也愚勇於探險，她有意無心的一舉一動一顰一笑，都被他解讀為挑逗情慾的符號訊息，他太輕易地被燃起，也太輕易地被焚毀或被澆熄。

暮秋節分的那時，接過她執意要他收下的手絹，想著她就將離他遠去，即浮起一種憐惜的鼻酸，衝進心底攪擾一番，弄得杯盤狼藉的。他恓惶無助著，希望能再望見她並且向她佯裝微笑，傾訴以前所有鑄下的錯的追悔，其實他仍無法釋懷的是自己何以如此背負厚重的愛戀及渴望，及至心焦肺燼。當初與她揮別，自情感的岔路跌跌撞撞回來，這樣情緒出走的記憶一直干擾著生命的速度，也一直揣測自己脫口而出、卻不幸言中他此時嚴寒心境裡的魂牽夢縈到底有多麼難受？

曳風招展的手絹繼續招徠思念，如他一般無羈不馴的旅人行徑，懷想情愛的風位、星相、以及未竟的航程。信物裡推繹了曠男怨女在情愛關係中的貪嗔癡怨、深情與背棄、許諾與叛離。外頭風狂雨驟，於是甘願並且急迫地在相處時共譜的節奏裡，必要的粉碎一些干擾愛情的雜質，擠開一些空間，讓整個身體投入，甚至陷溺。

之於愛情，他十分疲憊，疲憊於等待，疲憊於等待時的疲憊。無論如何，想到她已心安理得地把自己曾經海枯石爛的愛情收在心靈一格乾淨的抽屜裡，他就覺得心滿意足了。

愛情的百篇演義裡，甚至，她飄忽的心靈就浮在他淵崖無底的恐懼上，睹物思情，他的心在顫抖，直是覺得又回復到那種具流浪性格的吉普賽式遷徙的漂泊生活。如果允許，他還想問她：妳有沒有經過大痛？大痛？比痛還傷勢嚴重、裂縫還深的痛？然而，他其實不是想問她有沒有，他是想讓她了解曾大痛過之後的他更沉穩、更成熟、更不怕痛。談到愛情，他彷彿猛然驚醒，一連串丟出好多話，一連串應接不暇地湧現好多往事……

八

暗了，側身伸手捻亮書桌上的檯燈，不意瞥見鏡裡反射回來自己臃腴的上裸，隱約勾起他的感傷。攤扶於整容鏡前，他習慣性地扭開音響，刻意選放貝多芬的命運交響樂聆聽。抬起頭，侷促地端詳鏡中人，容顏許已陳老，紋皺粗糙，歲月正在臉上鬆垮的肉質上堆搭違章建築，隨時都有傾圮的危機可能。他又不禁要問「我究竟是誰？」……

頓時，千百個念頭像蒼蠅圍繞著腐敗的瓜果般地盤桓不去，他總是愛在自己的性格中不經意的留下一些破綻可以被窺視。這些因馬齒徒增而不斷擴大面積的破綻甚至已攪濁了生命的精純度，相對於其餘圓熟的部分，老是令他憂心。他會處處顧慮年歲在他有限的生命進程中，集體地胡作非為了些什麼……，因為他怕鏡中人會因此而整晚痛苦的攬鏡自言自語、自怨自艾、自暴自棄，並且知曉沒有人會趕來緩頰或陪伴他一同老去。

交響樂仍然興致勃勃地奏著，但不是順暢地流洩，而是一再跳針反覆剛才激動中的那一段十分抒情的悲觀。音聲裡像是馱了些什麼東西，重重的壓著喉嚨振動的聲帶，低低嗚咽著。

此刻他竟款款流下淚來，同時也感動了鏡中人。

他莫名的為自己感到一種男性尊嚴被推倒、頹然傾圮後跪伏在曾真心誠意頂禮膜拜過的生命前，無以自處的悵惘，尤其當年歲已殘酷連續演完一幕幕而不許他再有空間作人生大夢時，更傷哀逾恆。

九

晚年是記憶最焦黑陰黯的地帶，精神廢墟就將成為紀念碑或古蹟了。他正開始進行與世間絕裂、自我封固的防衛工事，因為預知到關於自己死後不得不赴往的輪迴去處，對於時光深處不可告人的祕密，他無可救藥地被人界單獨劃割出來，剝除最美豔的記憶，只留下庸俗的軀殼與外表，放浪形骸地形同行屍走肉，苟活於人世，等待死亡的召喚。

他正忍痛承受那衰老的曝曬、燒烤以及浸淹。他在接下來的幾秒中裡飛快地回顧著他這一生的莊嚴與潦草，多年真人真事演過的生命大戲被壓擠成簡短的過眼一瞥，有太多片段來不及收錄便急急跳過，他為曾認真活過的一千道軌跡的被全數湮埋而備覺沮喪，更令他無由地荒寒起來。

收拾妥尋回的幾件點數得出若干情節的往事，他，在室內任何一個毫不起眼又擺置凌亂的角落裡安排時序的演進，用不同顏色的筆在不同質地的紙上書寫不同文類的人生。他曾想再插入另個艱澀的人生看法，擾亂流暢的生活敘事，但他已倦累地無心所圖了。猶有餘心餘力，他儘可能保存生活的色澤亮度氣味，不增添刪減記憶的眾寡強弱美醜，安靜地在遲暮邊緣過渡，往另一個世界悄悄挪移。

坐回燭火昏重的桌案邊，在冬寒侵近的夜涼裡，生命漸漸在褪色……

十

晚來急急一場驟風西北雨，毫無預警地侵襲這個城市，他蜷縮在風簾雨幕籠罩的斗室內，無神地巴望滂沱沖刷著他的人世。不想風雨會如何阻斷遊子的行途，不想風雨會如何遮擋路人的歸程，不想風雨會如何毀壞城內柔腸寸斷的路徑；他想的是無辜的自己，自己如何在狂風豪雨中尋找足以遮風擋雨的簷下，自己如何冒險涉過深淺莫測的澤灘，自己如何迎著風顛雨暴、頂著驚雷等候前世的自己攜傘趕來帶他回家……

夜了。風無止，雨未歇。他知道自己正勉力擎舉著筆，一五一十為他記錄失憶後好不容易回想起的殘枝末節，拼湊粗略的匆匆一輩子。他在找，即使通宵達旦，用僅有拾回的記憶，尋找他自己，一場人生風雨。

他 vs. 鄉愁

家鄉味——爸爸教我的飲食事

家鄉，對我來說，很像好幾集「大陸尋奇」節目上跋涉探訪、遊覽踏查的邊鄉僻壤，螢幕裡山嶺川湖撲朔迷離的那裡，遙遠而陌生。

之於家鄉，朦朦朧朧、模模糊糊，我的印象中毫無任何蛛絲馬跡可尋索以淺淺勾勒，只憑著爸爸斷斷續續敘說的大江大海以微微建構，更未曾追隨其返鄉的行旅回去老家看看而省親尋根；家鄉，這個被標記的某某省某某縣，現在只是懷念父親的另一處安頓荒心之祕密所在而已。

家鄉，遠在海峽對岸，那裡是個什麼莊、哪個村、有何風景、是啥模樣……，記憶中全無概念，連個基本雛形以片片拼湊、塊塊形塑都沒有，充其量那只是個藏在身分證背面、被冠上「籍貫」的地理鄉愁代名詞罷了。

秀出隨身攜帶的新式身分證，才猛然發覺正反面已都沒「籍貫」這欄，記得偶然填過的幾張表單，也沒問過我「籍貫」是哪裡，拉向遠遠的記憶深處，只記得是在台灣南部的鄉下度過童年的，再往前漫溯的血緣源頭，就都是空白的，「河南省封邱縣」，只是在床邊故事的幾則傳奇裡，聽過爸爸片段零碎地曾提及但沒去過的地名，卻無可抹滅且真實地印烙在田家族譜上。

而印烙在田家族譜上的，跟著流離失所、輾轉來台、落戶生根的，還有好幾道值得一說其事、一嘗其情的家鄉味。

豆漿燒餅油條：一頓早晨的想念

爸爸還健在的時候，早餐絕大多數時候都是他特別準備的、熱騰騰的豆漿燒餅油條。

爸爸每每起得早，天才剛亮、晨曦還未透出，後山蜿蜒的登山步道已健步巡過一大圈了，之後他都會繞道去兩條街外的豆漿店買早餐。豆漿店老闆是個老同鄉，一起逃難出來的，革命情感特深特濃。爸爸每天要點的餐，伙計們都知道而忙著準備，兩人趁閒順便聊個兩句，大家鄉音都濃重得很，霸在炸油條鍋旁邊，嘰哩呱啦地不知在談天論地些什麼，這短暫的他鄉遇故知，那可是爸爸每天最接近「家鄉」的寶貴時刻。

早餐包好了，就得再次「離鄉」告別，但返家路上爸爸總是春風滿面，彷彿剛剛才巡過胡同裡的早點鋪，踏在童年時光的記憶石階，愉悅卻難免驚惶。無糖豆漿、包套的燒餅油條拎回家，倒漿擺盤後一人一份地擱在桌上，然後叫我們起床，盯著我們乖乖吃完，催著大家抓緊時間上班上學，留下滿室的孤寂陪他老人家一整天。

其實他在家鄉早上吃得簡單，半片撒了少許芝麻的薄餅混著水囫圇下肚，就夠了、就很滿足了、就非常感恩了。豆漿燒餅油條的早餐慣習，純是圖個「歸鄉」的「小小聚會」罷了，我們真不懂事，總是不願一早就跟著返鄉，直是吵著麥當勞或美而美才是現代故鄉。

爸爸走後，老同鄉也收了豆漿店回大陸去了，一時之間，我連欲回味河南腔以延伸思父之情的機會都沒了，早餐也被孩子吵著而埋入漢堡薯條可樂裡，家鄉，真的離得越來越渺茫、越來越斷代了。但我總會帶上豆漿燒餅油條陪著，陪著孩子、陪著爸爸，以祭一頓早晨的想念。

牛雜麵疙瘩：痛的紀念儀式

家鄉一直都養著兩頭牛，是豢來犁田的有力幫手，春耕前的整畦翻土、秋收後的稼糧拉車，乃至移徙他鎮、登高行遠的負重運輸，都需靠牠們幫忙著勉力完成。爸爸自小就是放牧的牛仔，每天陪著餵著守著看著，共處了多年都煉出了濃厚感情而稱兄道弟，大人們更是時時告誡著：牠是我們一家人，要心懷感恩、不准吃牛肉！

這是一道聖旨。

爸爸早年隨學校來台，後來進入部隊並駐紮在北縣瑞芳山區的運輸營，伙食裡只要有牛肉的，他都敬謝不敏。然而當年物資缺乏，可以吃到牛肉以補充營養與體力是相當難得的，爸爸敵不過老師長官勸著要入境隨俗的苦口婆心，雖仍謹遵聖旨不吃牛肉，只撿選著腸肝肺腎等內臟的牛雜入口配食，時日一久，牛雜也成最愛。

北方人嗜吃麵食，不過爸爸不喜歡長條狀的粗白麵，他總是親自從揉麵粉就開始手製自己酷愛的──麵疙瘩，麵糰在手裡捏著捏著、豫謠在嘴邊哼著哼著，有如迎風在家鄉曠野中牧牛般的爽朗暢意，好不快樂。而爸爸常將牛雜拌入麵疙瘩，偶爾也將牛雜麵疙瘩摻入熱湯裡，再鋪上酸菜蔥花，一整碗滿滿的實在、豐富、飽足，早已是餐桌上家常的主食了。

其實真正愛吃牛雜麵疙瘩的是我，因為麵疙瘩上印記有爸爸粗獷、滄桑、離亂的手痕指紋，麵疙瘩裡傳唱著家鄉亢遠、悠揚、通徹的迴響繞梁，我循著爸爸用心淑世的手藝，走一趟他新鋪的歸鄉路，沿途覓找著他刻意留下的家鄉記憶。悵然面對著整碗浮著蔥蒜、飄著肉香的家鄉味，是我想念爸爸的紀念儀式，每吃一口、就痛一次。

窩窩頭和蒜頭：保命護身的叮嚀

每每聞到蒜頭辛辣嗆味，我就不禁想起爸爸曾說過的那則倉皇離鄉、不堪回首的祕辛故事。

當年，好早好遠的當年，陪著千里逃難遷徙的簡單行李內，幾件換穿衣褲、一雙破鞋、寫家書用的紙筆、幾許散錢之外，還塞了硬邦邦的窩窩頭，以及一串沒剝皮的蒜頭。倉皇動身臨行前，都沒來得及奔回家和父母親道別，就草草將平常他們叨叨念念的幾句叮嚀繫綁在行李上，跟著學校師長們集體上了軍卡，六七十年沒再回去過了。而叨叨念念的幾句叮嚀正是：要記著，窩窩頭是保命的隨身糧；蒜頭是護身的保健藥，千萬別餓著、病著了。

這情景在我進陸官入伍時也曾在月台上演過。那天爸媽沒送我，我孤獨拉著行李箱兀自上了直往南台灣馳駛的專屬列車啟程，看著別人是全家大小淚眼相擁送別，其他人還有學校的學弟妹以樂隊花圈敲鑼打鼓榮耀歡送，我一人一路哭，哭到睡著，醒來則一直呆視窗外流景……，直至傍晚到了鳳山，整理部隊魚貫行軍至官校。這時，爸媽竟提早就候在車站出口，更陪著我走了好幾公里的路到學校門口，原來他們一早便兼程開車南下，給我驚喜給我祝福也給我力量，就差沒給我窩窩頭和蒜頭。

迄今的這趟人生行旅中，我從沒吃過、甚至沒看過窩窩頭，在料理裡也少用可解毒殺菌的蒜頭以提增味道，但卻時時惦記著綁在行李上、那叨叨念念的幾句叮嚀，它比家鄉味還濃沁催淚。

湯水餃：年的想像

每逢春節，有一道應景的年菜爸爸是不准別人插手攪和的，無論揉糰、醒麵、擀皮、入餡等流程，他總要親自料理，他管那道年菜叫做「元寶」，其實就是再平常不過的水餃。北方人過年，水餃是必備的吉祥菜，爸爸偏好將形狀捏成沒有皺摺的元寶，內餡則塞得鼓鼓脹脹的，取其喜氣形義：招財進寶、福至圓滿。

這群元寶水餃包好了、下水煮熟後，紛紛躍入湯裡，湯有時是糊糊稠稠的大滷或酸辣、淡淡清清的雞汁或骨湯、濃濃濁濁的味噌或羅宋，水餃在湯裡浮浮沉沉而若似相喻人生起起伏伏，亦增其「省思過往、策勵來年」的年節蘊意。

每年除夕的年夜飯，跟家鄉的年夜飯一樣，全家必須團圓齊聚，他盯著每個人輪流說好話、吃元寶，這是一份長輩的衷心祈願，雖說是送舊迎新，卻是又老邁了一歲，看著爸爸一年一年老、小孩一歲一歲大，我可是越來越懼於觸景傷情而害怕過年呀。

迄今已有十餘個除夕年夜飯沒有湯水餃上桌了，餐桌上雖然仍備著一副碗筷、留了主位給爸爸，但椅子是空的、碗筷沒動過，更少了元寶象徵的祈福祝願，我們遺憾的不是湯水餃沒有招來財、進來寶，而是日復一日襲來、親恩無止境的「年的想像」。

小米粥：小小慰藉和確幸

故鄉老家就臨著黃河邊上，河堤漫溢七次氾濫改道，每每摧毀前回才重建起來的家園與莊稼，望眼黃沙軟灘濁澤，哪能播種栽植農務呀，就算能收穫一點點米麥，都只能湊合餬口、基本飽暖過生活呀，何能奢求豐美富足。黃河年年水患，年年糧食歉收，鄉里幹事依憑每家戶人口數配發「糧票」，「糧票」本應領的是足供飽足的米麥，但每次爸爸領到的卻是帶殼粗麩、不能立馬煮食的小米穀粒。

一大把穀粒碾軋所獲的小米仁，少得可憐，只能熬煮稀粥，總食不飽肚。但當年能喝到小米粥，這已是佳餚珍饈了，無形中這也衍成他對小米粥的莫名迷戀，在這碗粥裡排遣心酸和寒傖，卻也聚在一起尋求生活上的小慰藉和小確幸。

猶記得屢次跟爸爸到西門町「一條龍」餐館，或愛國西路「盛園」北方小吃店吃飯，他都先點小米粥開胃，黃黃而浮著白米點點，雙手一捧不管稠糊熱燙就直送入口，看他心滿意足的樣子，我知道他正往久違的歸鄉路上奔去，追索那個鄉愁年年決堤的歲月……，不喚他，並再為爸爸追加一碗小米粥，添些糖、放著涼，等著他盡興遊畢、安心返家。

在那趟必須駛過漫長路途的人生行旅上，之於我，目的地其實是一份碗裡飄著、口中嘗著的尋常卻有特殊意義的味道記憶，因為只有這味道記憶曾折返回來通知我那裡所發生的、爸爸沒來得及說的種種家鄉事。爸爸十三歲就被迫棄親離鄉、獨赴遠方闖蕩，他年輕眼神的清澈裡，究竟到底望見什麼樣的戰亂世界，他密布隱語的青春中，究竟是如何勇敢挺拔向未來打光而尋索去向，我相信那是大時代裡無可逃避的彷徨無措的、左右無助的。就如我對家鄉味的陌路，我們都在口腹之慾上，危危顫顫地學習著、世襲著上一代的滄桑。

是年春初，我有幸經歷一場大病，癌痛狠狠直搗鼻腔、蝕骨侵肉危及腦部，經手術切除及數十回、兩階段的電療化療後，幾度生命交關幸而都闖過來了，現正全勤無休、認命誠篤地潛心修習這門生死學。但自此味覺嗅覺全無，餐食餚饌端上桌、送入口的，都已嘗不出家鄉味裡的淚意與笑聲了，恍然間，我彷如失根般地囫圇踏上離亂之途，迷路的茫茫然上，也才真正聽見爸爸當年離鄉背井時、沿途坎坷的哽咽呀。

於此，身體的痛楚摧剝還可抵禦療癒，思念家鄉味的心饞，則再也沒有酸甜苦辣鹹的幾許糾結了。

爸爸早已在途中先下車離席，訣別了那個輝煌的年代，如果他還在世，今年的九十壽宴上，勢必將這些家鄉味全部上桌，請您帶我們一同返鄉回味。但現在，我只能將爸爸的哽咽留在錄音機裡存著，他知道我無論如何穿越天涯海角，都會勇敢地歸鄉，或許到了那裡，會發現藏在哽咽之中的，其實是他始終惦念的那句「帶我回老家」。

跋涉，兩段旅程

他 vs. 嚴恩

我爸爸田坤山，一介老兵榮民，千禧之初罹病以終旅，行畢迄今整整十五年。匱乏倉皇的那年代，亂世飄蓬、人如螻蟻，憧憬破滅、夢想遙遠，憑藉著一些些思鄉的慰藉、一點點盤纏的撐持，跋涉兵戎倥傯，走完斑燦、晦澀的一生，長眠南港軍人公墓忠靈塔。承襲爸爸世世代代的一脈血緣，我的祖籍被驕傲而名正言順地冠上，河南封邱，爸爸沒帶我回去老家黑塔田村省親過，我們甚至沒有一起旅行過，家鄉話沒跟著習得幾句，鄉愁淺薄彷如斷代。我僅只是個跟隨他命運漂泊的外省囝仔，但之於爸爸高聳威嚴的鋼鐵形象，不敢僭越、不敢超逾、不敢跨邁，爸爸是永遠巍峨聳立在我生命、仰之彌高的一座玉山。

真的，爸爸他們那一代，何止大江大海，隨便哪位都有一連好幾巨冊史詩經典年鑑的經歷可長說、可久寫。

打青春初期我就百般忤逆作對、不是乖孩子，我倜儻、我叛逆、我莽撞、我霸道、我暴衝，而他對我的諄諄家教之嚴厲、之苛刻，不是嘴上罵罵、地上跪跪，或使使藤條、揮揮皮帶所能盡述的，那套治亂世用重典的立威，在「望我成龍」身上直是教訓得淋漓盡致。而之後我會從軍踏進陸官，當也是受他的啟迪影響，否則桀驁不馴的我將是流連於街頭、堂口，乃至獄所的敗類孽種呀。我特別記得，當年入伍訓練一連八週在南台灣鳳山的豔陽下磨練，他總是半夜兼程開車南下，趕每週日上午七點開始會客的首位登記者，我總是第一個被點名、驕傲地從行伍中站起，昂首闊步迎向他含著惺忪睏眼的擁抱……。時歲追遠至此，我卻幾乎要忘記了與他共有或他賜予的回憶，記得的已不多，不記得的更無以數計。

我真不該、真不肖。迄現在，在神佛桌前、骨灰罈上的小小遺照遇見他時，舉香合十間猶記得那楚楚的痛、痕痕的傷，那是他用一輩子刻雕在我身上的父愛。

另趟旅程是她爹、妻的父親，我的另一個爸爸林瑞崧。

初初認識妻時，剛辦完她媽媽的葬禮，家中氛圍低迷，沉鬱凝滯綿延，我輕聲躡步拜訪，深怕侵擾了彈指便破的悲傷靜肅，見著了爸爸，慰安了請節哀保重，他一時半刻間便哽咽啜泣起來了，彷若憾恨著媽媽未能親睹寶貝女兒的男朋友、未能親交幸福與祝福給我們……

媽媽驀然離世後，爸爸捨離舊家，一個人搬進單身公寓，跟孤獨並榻同住，將心錮鎖在十二樓上的斗舍。他草草安頓下來，沙發床、木作書桌、靠背椅……，連電視冷氣都覺得奢侈，簡簡單單、樸樸素素、清清爽爽。媽媽的靈位就安厝在窗台邊的龕桌上，日光沐浴著、雙燭伴陪著，晨昏禮拜，每天都向他最愛的女人掏心掏肺的獨白。我篤篤見得這位曾在商業沙場上勇闖拚博的漢子，一夕之間都變了、都斷了、都換了、都停了，孤獨，是搜尋他日常生活的關鍵詞。

靜此一人繭居，歲月一轉眼忽焉已二十年。

爸爸生性不與人爭，寧置邊緣自處，率性且隨意，甚至遠疏世俗裡的主流江湖；他向來直來直往，與人為善，厭倦虛矯偽飾、排拒不公不義，甚具俠情氣概。他也屢屢感嘆年輕時蠻橫的種種荒唐，憾恨壯年時未竟的諸多事業，及今，當年許志創業的勃勃野心初衷猶烈焰熊熊燒著，但青春已經那麼遠而晚年卻這麼近。

爸爸孤僻久了，胡思亂想已是我們最最擔心發生的後遺症。幾番噓寒問暖的關心，言談間常感受到他偏執地固執己見，雖不致怨天尤人但他憤世嫉俗、他杞人憂天，我們都耐心聆聽並儘量尊重他、激勵他、順從他，甚至多陪伴他。我們都太操煩擔憂了，無疑父母當年滿懷同樣無奈之於我們，我都感同身受那種相黏又剝離的幾番矛盾。爸爸，我們一起加油。

寫書法，就是他人生下半場的特效藥，更像是對媽媽贖罪般的自我修行。仄室裡宣紙捲、筆架座、硯山紙鎮鋪滿桌台各隅，定坐、舉筆、懸臂、使腕、運墨……，俯仰黑白間體驗其抑揚頓挫、酸甜苦辣，一如佛門禪修悟道而尋得超凡解脫。

無庸置疑地，多年潛心歷練下，他精湛的書藝已是總統府前大師前輩級的豪情揮墨；已是臨近公園廣場內以拖把為筆、水為墨的即興題寫；已是全國書法大賽長青組的佼佼常勝軍；已是藝文中心書法展上懸掛在最顯著位置的卷軸墨寶。常見他打坐後，養心靜神定氣，筆硯墨紙間逡巡彷彿是身心安頓的最終信仰。他以此自我療癒，也在毫揮墨渲裡尋索此刻流放的自我。

家裡客廳主牆上懸著整部《摩訶般若波羅蜜多心經》橫匾，正是爸爸茹素淨身、整紙備墨，為我們新居落成相贈的大禮。我特別對「無無明。亦無無明盡。乃至無老死。亦無老死盡」悸動著深刻感受，我再憶起自己當年癌病手術結束首晚，您爭著到醫院來相陪，夜半忽忽痛醒時，見您佝僂般側睡在床邊的拉椅上，頓時潸潸而莫敢擾您的夢……，爸爸，就讓「無」來牽繫我們共同珍惜的「有」吧。

兩個爸爸，兩段旅程，各自跋涉著今世的許諾承擔，早先是零落支離的童少、白頭相許的青春情愛、晚時破缺遺憾的人世糾纏，我間雜在其壯麗和蒼茫中篤篤跟隨著，無論此時彼刻、今生來世，都萬千感恩他倆邀請我陪走了這兩段人生遠行。

妳。

輯三

妳 vs. 遺世

天涯故事：遺言二三——與く，以生命對話

要說天涯，我總會質問：深厚的生命，到底都藏了些什麼迷人或惑己的故事，可以密密緊緊塞在短短數張紙的遺書裡？那些可能是因顫抖而歪曲扭斜的筆畫裡，是否也容納了妳對生命華麗的收藏？句句留言是望不見暗影的深淵、倉皇輪轉的悲喜，遺書無聲，我極力拼湊妳振筆將頃刻間閃過神祕、繾綣、莫名的想法一筆一字一句記下來，靜悄悄、靜悄悄，深怕驚動生命的模樣，蒐尋著字裡行間埋的種種情節，故事才開始說起，便疾疾註下了結尾。

花骸、夢渣、情屑、語末，這些不足掛齒的碎殘，和生命堆在一起，看

起來似乎都比哀慟悲傷要輕一些，又比悔懺憾恨要醜陋一點，更比沉默黯默的死還不重要太多太多，「對不對，生命是不是該這樣的倉皇走法？」他學著她放蕩心靈流亡的絕姿，擺出很多愁善感的樣貌，悲悽戀讀著遺書，呵，多想施捨一些可以灌溉一大畝心田的眼淚給她，央她別走……「坐對生愁，總是枉然曠廢了一望無邊的寂寞罷？」而他不禁要問，面對生命狼藉草就的遺墨，問幾個明知故問的問題。

外頭風和日麗，原該邀伴出遊，感染晴煦的親撫，而窩居齋室，會與妳一齊深陷如此難以自拔的溺境，也是始料未及的。我委實弄不懂，為著「生命」這樣抽象而難以詮解的東西，為何一定堅持要跋山涉水、上貢贖罪、親臨受難呢。妳是如此心甘情願的讓精神被凌遲、肉體受鞭伐，猶似失去燭光引導的耶穌，揹著十字架困在迷宮裡左搖右晃東碰西撞，魯莽地往死的淵崖摸索前赴，而且，一去不返……，用翕張的鼻翼嗅聞，用鑿穿的眼窟觀視，妳躺著，橫放一具平靜無波的海，連漣漪也不再點點圈圈。

此時此刻，堵著淚讀著，因為探知故事底下的另座天堂，不禁起了一種徹底毀敗的悲情。似乎有什麼東西從遺書上流失，彷彿是風撲來，迴旋，退後，遽爾帶走她身上的故事。

我正經歷著妳所經歷過的一切經歷。我已感受到了妳或許也感受到了的所有感受。我更想像著，莽莽蒼蒼的芒草叢下，妳反芻過往繁華，喃喃自語，喔，挽不回的不斷腐爛、腐爛，沉沒入沒有時間來來往往的世界。妳蕭索的眼神裡萬般蒼涼，所有對人世間的專注都是徒然的，都因無法割捨而顯得太過沉重，不值得如此殷切地眷顧。

眼前渙了一場災情不小的洪澇，要哭不哭、強忍著輕泣了一陣子。「渴望過一種穩定、放心、無拘無束的死，算不算太奢侈？」，我不知道之於生命的諸多疑義到底應該怎麼問、要問誰，更懷疑誰會給自己怎樣接近真實的正確答案，一種自問自答其實很無聊，因此我滿心期待遺書裡的某部分，是可以填補心靈裡偌大的窟窿，最起碼別讓自己繼續一寸一寸沉淪於傷悼的流沙。「真的嗎？真是悔不當初？」，文字裡意圖一信一書地層層剝除精靈的假面，顯露出死之原形，但那遍灑黴霜、菌生霉點的書信，其實也是漫浸著屍臭的腐骸。終究，妳手足無措地草編了長達一輩子的繩纜，縛住遺書裡尚存一絲微弱鼻息的，自己；勒緊，在死裡飲血作樂。

妳會不會覺得自己是不是欠了這個生命什麼？

他正急急想質疑她對愛描繪得太不像，乃至辭溢乎情之時，她卻已遠在非常邊緣偏僻的天堂了，孤自享受獨居。天堂，一座無法界釋的烏托邦，虛無國度裡，她是統御情慾的王君，獨裁而且專政。「『永恆』，是我們倆能超越時間空間的限制、生死的隔絕，在生命的互愛裡共同存在（或不存在）」，見她能勇敢地將愛說得這麼纏綿悱惻且理直氣壯，「無論生死，在彼此愛欲的最核心互相流動、互相穿透著……」，太義無反顧，反而讓他覺得她是那麼值得一再被稱許讚揚，或扭曲醜化的。死，正走在萬籟俱寂的地步，再怎麼用力喊叫還是悄然無聲，快快喚回她，越行，越離，終至同情也無法抵達的遠。

我凝睇落地窗外狂舞的樹影，茶几上半杯礬水惹了一層塵，竟興起一股毀滅也好的念頭，好像妳的位置空了也是自然而然的風景，有何情何意該如許牽牽掛掛……，妳總能如許理直氣壯的沉淪，如許墮落。

自殺戲在利刃劃下第二刀後匆匆結束，她忘了自己有沒有喊痛。血淹覆遺書初稿，所有求死的意念於驚心動魄中全部應驗、實現，想像這樣駭人驚世的殘景，真教他胡思旁騖：她何以自處？究竟何以無所怨尤地寬容自己的傻、諒宥自己的錯？

世間繁華好似介於人影與魂魄之間。許多逡巡驚慌的眼神，許多蒼白淡漠的顏容，許多道貌岸然的五官，如妳的厭世、棄生。

死亡，非常任性地更動了時序的邏輯，跋扈的更動、霸道的任性，一如妳的執意先走，赴來生。「妳不要瞞我了，無論妳偽裝得多麼鎮定，我都看得穿妳的狂言狷語，遺書中那一勾一點一撇一捺，勉力抵禦著遺忘的侵蝕，毫無奧援，我願意拉妳上來，來，手給我。」，所以妳寫，認真地以筆掏空有關死的魔幻虛境，紀實這樁無可邀隨一同分享的美事；以筆浚深傷口，匯納更豐沛的憂愁苦痛。甚至她肯花費昂貴的、僅此一趟來回的珍貴生命來換取唯一的、也是最後最後的，解，脫，……冰原上，妳攀到極限了，巔頂竟沒有妳想看的風景，妳好失望好失望，「蒙上眼睛，就可以遮住恐懼了，我要跳了喔，」，承受不了比毀滅還徹底的落空，我知妳自責頗深。

她有些冷，肉體和心的冷，比冷寂還低好幾十度的酷寒，孤絕而寂寥的軀殼期待穩穩的落腳，和黏黏的相依為命。而無以餵養諾言誓約，又不容對他稍有失信背義時，「就讓我墮入這口把自己狠狠淹溺的抑鬱裡罷，千萬不要垂索救我。」，她幾乎懇求的說。……他隱隱約約聽見呼號，搔癢他的耳朵，這時，他才發覺遺書裡的文字都已耗竭心力仆倒了，再也嗅不到鮮美的生命氣味了。

我想讀到一些會令自己垂涎三尺的情愛語錄和生命箴句，以讓心裡減少罪惡感而好過一些。對妳，說是無悔也罷，人生凡景年華暗換，已令我苦痛不堪。而牽動的往緒裡，多餘的感情與懷念，則分外晶瑩剔透且更刻苦銘心。

他回憶著曩昔與她糾纏在文字裡潛意識的索借和贈予，說真心話的是筆和信紙，說謊言的也是筆和信紙；發誓的是筆和信紙，毀約的也是筆和信紙，幾封飛鴻堪比波里尼和貝姆焦孟不相離地共譜莫札特的傳世鉅曲。他們沒有俗成約定，只是講好各自流徙冶蕩，可能的話，不論誰等誰，就在踮起腳尖可以眺看的對岸的夢土，再見。

雖然誰也沒等誰，但她先起身離席了，所以絕對誰也等不到誰。

而預知了她將會把他棄之於荒野，所以他先服下超量的止痛藥，並將腹語術糊在聲帶上，以防止潰堤奔洩的心痛，與哭前的哽咽。即使早有準備，他仍是滿臉洇著清拭不止的水漬，淚。歲月原可以靜好的，現世原可以安穩的，誰捨得心有未甘就毅然斷腕，將生命如此亂葬？她？知道是她，他卻無法從旁阻攔這樣決絕的一意孤行，期期懊惱至極。

生命永遠得迂迴曲折。我心疼妳這樣坎坷行過的走法。手捧著遺書，佐配著演奏氣勢恢宏莊嚴的《生命交響樂》一口氣讀完，整個下午就這樣荒廢了。我無力抗禦時間如此執意而行的傾軋，漂泊與安居、原鄉與遷徙、想念與遺忘似都混亂不清，而生命之於妳我是戲劇一場，我們一再體驗和承受戲劇落幕後的空寂。空寂越長越巨大越魁梧，橫堵在明明暗暗的甬道口，我們不打算重回往昔了，隔世的愁緒在秋雨春樹之間，以淚水燒焚。

年輕裡，她也荒廢了其中臨近詭譎、隱晦、荒腔走板的最後幾頁，據說那幾頁裡布滿蒼鬱濃茂的奧祕與離奇，書上端正地墓誌著：「人生的演繹其實可以依願隨意縮短、拉長、提早、延後的，即使就將死去」，她說得如此灑脫簡單，下一句記敘死亡的文字總是與上一句描寫的段落激烈辯駁，然而不知如何挑起的兵荒馬亂，恐怕連她自己都搞不清楚修辭遣字的所以然吧。或者，除了愛可以妥協外，所有頡頏都是那麼無聊、可笑的試探，而各種矛盾、不安以及殘忍的自裁都是向生命招手時的怯懦姿態吧。他以為這就是結局罷，她漸漸枯萎了，或是她根本未盛開過，遺書則早就寫好塞在抽屜夾層裡，恣灑勇壯的悲劇情緒後，訣別吧，率爾離開糟蹋她一生純潔的亂世。……

「妳說，要我如何繼續裝著漫不經心的樣子，明明讀著遺世書信卻故意忘記妳已遠走？妳說啊。」妳繼續一貫的不回答。我不再想要和以往一樣隨心所欲地擅入妳的心靈了，即使只是近到一張郵票的距離。曾經，我時進時出我以為的妳的心靈世界，領略其中的森冷或柳暗花明，模擬妳複雜心情的崎嶇泥濘，陪妳最後這一段，真是坎坷難行啊。再之後，往生的茫途，我無法再伴隨了，妳自己抱憾獨走……

當他緩慢適應了周遭喧囂所籠罩的一片漆黑時，她悄悄回來了，躡手躡腳踽經桌旁，個兒不高，一身素裝，廁身斜倚在扉頁上。晌久後，施施然轉過臉，抿唇，嘴角滲著血，睥了睥瞅了瞅他，拋來一絲憐惜的神色，「沒有光的所在，不適合窺刺情愛，不適合翻攪紅塵，不適合布置心靈廢墟。」漫漫人生，他是定居長住，她卻是風塵僕僕旅行經過而已。唉，真想此刻就有場細細小雪飄臨，讓白皚的雪滿滿覆蓋住黑的夜和紅的血，並為瀏覽過情愛的眾生們，激起一向沒有上下文夾敘的感慨，以見證他們如曇華一現的悲歡，曾如此靠近夢寐以求的天堂、桃花源啊。

殘餘記憶中，驚醒雖是夢，遺言二三確已道盡芳魂一縷、青塚一塋的前生來世……，天涯就在手搆得到、即使再遠一些視線也網得到的地方。而荒蕪的天涯那裡，正埋著不很精采的生命故事。

田馨——給未曾謀面的小天使

田馨，妳當下直覺、第一印象就為她命好了名，音同甜心，巧取甜姐兒、貼心之引申；意謂馨香芬芳、雅致柔美之詮解。極好、極好。

嫁過來，妳已為田家生了兒子留後，傳家重責已卸，卻一直想再懷個女孩，給小哥哥作陪，也給自己添個甜蜜負擔的小麻煩。想著想著、等著等著、盼著盼著，竟已虛度了十年，十年，人生有幾個十年可讓女人青春如此揮霍。十年，足夠寒窗苦讀求得功名利祿、榮耀返鄉；十年，也足夠讓小哥哥獨自吸著奶嘴、拗著脾氣、學著識字、玩著鋼彈……地長大，直搗小學四年級的童年之末。

不知是岔路迷途了，還是風雨阻隔了，田馨她始終沒跟來，小哥哥也忘了曾吵著哭著鬧著要個妹妹抱抱、秀秀。

＊＊

小哥哥名喚田亮，取單名：亮，援自緬懷浩瀚父恩、追念家鄉故情的淵源典故。我爸爸十三歲便因剿匪戰亂，而隨學校東遷西逃輾轉避至台灣，連跟雙親兄長當面告別的機會都沒有，就在戰火還未蔓延之初，倉皇撤退到大後方了，孤身隻影懷著壯志在雙溪瑞芳落腳駐戶，直到耄耋高齡才佝僂蹣跚返鄉還願尋根……

爸爸在世時，我是他的隨身翻譯官，他豫省鄉音極重，呼嚕嗦囉的沒人聽得懂，碰到連比手畫腳也講不清時，我就得跳出來居中調停。河南話其實不難聽懂，大致都狀似北京話，只是音節時輕若重，偶爾還帶著拗口的轉音，特別是每一句的最後一字的發音要特別出力。爸爸需要我時，會先喚著我名，田、正常；運、輕氣音，不仔細聽還真錯過這字的此番美景；良、重到是以ㄌㄧㄤˋ四聲向我揮舞他的嗓門。

被喚久了，也被叫習慣了，簡潔版、河南話版的「田運良」——田亮，便如供奉在龕前的祖宗牌座上，鐫的傳家祖訓，登錄上出生證明、戶口名簿、國民身分證、護照、甚至是病歷、墓碑／骨灰罐，跟著小哥哥一輩子。而我每叫他名一次，就像爸爸叫我名一次，音聲栩栩逼真，我也仿然繼續承歡膝下、克盡含恨未完的人子孝道……

這是多少世才修來的福慧呀，祖孫諾以鄉音作血緣印記，三代交棒傳承、鑄入田家族譜史書。

＊＊

ㄒㄧㄣ，查了《新編東方國語字典》，第一〇九六頁上洋洋灑灑羅列著十八個同音字：心芯忻欣訢歆馨……，眼神逡巡著這些女體陰柔的字，有草字頭的、有豎心旁的、有欠字邊的，各個花姿搖曳招展、盡顯婀娜豔絕儀態。妳剛剛批完小哥哥的家庭聯絡簿、摺妥後陽台晾曬收下來的衣褲被巾、洗好堆在廚房水槽裡狼藉的碗筷杯盤，湊近身、指著字典，獨鍾「馨」。

這一指，似乎就欽定了小女生一生的富貧尊賤、榮辱悲喜，但這都還是未知，妳還在殷殷企盼她翩然降臨在子宮深處，乖乖孕育成小美人兒，平安出世與我們共度一生。

＊＊

同事即將弄璋，喜事一樁，妳隨手理了小哥哥幼時的小衣小袍，洗好曬乾打算送給同事作禮，一則聽老人家言：穿舊衫、好優飼（台語），轉贈出去或可應諾乖乖好養好育；再則，當初儲著這些衣服預備給田馨穿用，都擱藏十年了，願望越來越稀薄越隱晦，將此福分傳出去當也功德圓滿。

露台上整整掛了滿滿兩竹竿的衣服，小至吃飯時圍在脖頸上的方巾、大到裹著厚實鋪綿的襖被，每件都藏著深情厚誼的小故事，一整排攤平懸著、還滴著水的小故事串聯著、展演著小哥哥的稚時幼年。

妳翻著、疊著、理著、摺著這些小故事，心卻想著田馨。

＊＊

十年不長不短，妳為了見田馨而吃盡苦頭。

十年間，妳拜過無數座寺廟向註生娘娘虔誠求子，上過無數次醫院婦產科門診，打過無數劑的黃體素針，算過無數回排卵日周期，量過無數遍基礎體溫；也聽從過街坊流傳的生子偏方而抓過無數包中藥，黃耆、黨參、枳實、水沉香、玉竹、玉蓯蓉、川芎……煎過的水藥喝過無數碗；更守在窗前望穿秋水，在無數個日升月落間等候送子鳥飛臨。妳總是想盡千方百計，讓緊鎖的門窗都打開到最大，展臂歡迎田馨勇敢踏進來，搖搖擺擺衝進懷裡，撒嬌地叫爸喚媽。

一等，無聲無息無動靜，十年。

＊＊

她終於、竟、還是來了，田馨萬歲。

就在妳我都幾近絕望，妳更是毅然宣布放棄再當媽媽之際，她靜悄悄地推門開窗闖進來了。靜悄悄地執起驗孕棒上平行的兩條線，在妳、我、她的塵世緣分上相互交叉，靜悄悄滑進子宮，著床胎盤，循著臍帶尋得一座安頓身心的母體，準備當個小公主。

在診間裡，妳緊張到手足無措，醫生細心望聞問切，前期徵狀現象、驗血報告再加上驗孕棒上的鐵證，醫生連聲恭喜地宣布：她，已經兩個多月了。領到《媽媽手冊》，慌心更踏實了，這手冊將一字一句、一頁一章陪妳一起熬過往後的七八個月孕期。當下瞬間妳收拾起感動，拽著手冊、撫著小腹，喃喃著：謝謝妳來了，媽媽會認真用功千百倍的，我們要一起畢業喔。

是的，時光無法倒返重複，只有當下、只有瞬間，而且唯一。當下瞬間決定的，是前因與後果的中介、施和受的緣分連結。緣分是一綑長繩，也許盤繞糾結、迂迴難解，但必定引向一個尾端。妳一直收攏著這生命長繩，那個無以望盡的尾端，許是牽綁著田馨肉肉如米其林的小手小腳？

回家的路上，車在北城內疾駛，我們手緊緊相握反而靜默無語，妳我靈犀相通地都相信是上蒼看見掛在露台上、整排有如法衣道袍僧服袈裟的小衣小袍，油生憐憫虧欠，而恩賜田馨降凡來跟小哥哥做今世兄妹的，是的，一定是這樣子的大慈大悲的。

＊＊

從超音波螢幕上初識她，真如盲人摸象，處處虛相幻影、撲朔迷離，圓扁凹凸胖瘦全藏在方格影像中，感應器如滑鼠在拱起如丘的肚皮上游移，忽頭忽手忽腳地上下左右掃描，定神盯著監視器畫面，我狀似貪婪地端詳打量一尊價值連城的藝術品或骨董，而妳卻母女連心地篤篤看見她正甜美睡在羊水的擁抱裡。

懷上田馨，正如準備動筆傾力寫一部長篇似的，那是源於今生今世某種逃離不了的遺傳或承襲的職志，妳必須曠日廢時、經年累月地寫，妳必須孤注一擲、嘔心瀝血地寫，妳必須剪冗裁贅，淘渣瀝粕地寫，妳必須跨越一山又一嶺的人生難題，妳得面對她每個生命情節在轉彎、跨幅時的出軌，妳將擔怕她每個成長階段在叛逆、倔頑時的災禍，妳將與她綁縛終生、顰笑悲歡與共。

寫一書曠世奇作容易，植一樹騰天通榕不難，築一幢巍樓高廈也簡單，但養一世兒女情長，何其艱難。

而胚胎就像草籽鋪在旱地，乾枯時蜷縮，一灑點水分就迅速萌發抽長。妊娠才過四個多月、十二、三週，貼近肚皮就可隱隱聽見胎音、隱隱感覺胎動，扎扎實實覺得她的真實存在。穿著孕婦裝的妳，所一腳踩進的是女人青春以降、萬般憧憬期待的桃花源，這裡景致宛如盛夏裡永無止境的白晝，群聚於亮日光影下等待投胎的迷途兒女，在蓮花瑤池裡玩耍戲遊，為人父母的卑微夢想們都全等在生命出口，等著誰不慎跌倒而墜入凡間。

田馨玩瘋了，一腳踏空，就這麼死心塌地地摔進妳懷裡。

面對她，妳不像懷小哥哥時的坦然率性，反而有所忐忑無措。之於妳，就像面對自己身世恩仇糾纏的家族長史，那般躊躇猶疑地不知如何承繼；對她而言，輪迴至此轉世人間，來作田家子孫是秉受偌大福分的。而這生命轉折的逆襲，由於她的突然加入同行，往後的路當更曲折迂迴、崎嶇顛簸。

＊＊

還未安排做羊膜穿刺、唐氏症、地中海貧血、葡萄糖水篩檢等等高齡產婦必做的檢查前，醫院卻來電直接催請妳再回診，先執行3D高層次超音波的驗查。

妳惴惴不安，心跳得特快，仿如已預知某種不祥的結局。

再躺上檢驗台，感應器滑過孕肚，一一行旅過田馨的手腳身軀，都已粗略可見其形，中樞神經、心臟、肺、腸胃道、泌尿系統是再健康正常不過了，但在滑到腦部檢視時，竟發現腦蓋骨有致命的殘缺，恐是染色體錯異不全所致，醫生至表同情卻專業診斷表示：再過數週她將成死胎，恐危及母體，人工流產是勢必的，而且愈快愈好。

電腦儀器內，繼續傳出她砰咚砰咚如擊鼓的心跳聲，好大好大聲，卻搥得妳我好痛好痛。

＊＊

……，…………。妳我之間隔著好高好高一座空白，無語，可問蒼天？

＊＊

當晚深夜時分，她就被引產離世了。

護士手捧裝著田馨的小鐵碟，我撇身瞥睹她癱臥在紗布上的最後一面，血還滲漉著、肉已模糊了，我踉蹌退到天堂邊緣，躲著嚎啕自責，怎樣也形容不了、描述不出那種難以明說的心痛難捨，更彷然被下咒般整個人被迷惑地極端寂寥靜謐、卻又同時怵目驚心。

妳強忍著劇痛，斜身頹坐在床上，虛脫、呆滯、無神、落寞了一整個世紀……或許因為造孽、或許因為天譴、或許因為宿命，妳必須承受得起、抵擋得住。正是在老著遠去的時光中，田馨她的起身離席，才顯現出其奇蹟式的靈光，彷彿驅退了時間的滴答鐘擺與四季的依序遞嬗，天地玄黃永恆地停留在此刻。

想念煉得久了，小小生命也成了琥珀鑽玉。結晶凝凍的不僅僅是她，還有用盡心力寫母慈的妳自己。

＊＊

說好要穿著滾蕾絲邊的粉紅蓬裙牽手上幼稚園的、說好要學古箏或鋼琴當個音樂辣妹的、說好要親手為她披上頭紗穿上嫁衣的、說好起轎時要忍住不哭的、說好生了孫子無論男女妳都幫忙帶的，好多好多說好的誓諾，我們都說好的呀，田馨她卻反悔了，都盡成了無能悖離的輪迴中的一則海市蜃樓而已。

問世間情為何物，骨肉之親、慈恩浩瀚，妳滿含無明偏執、愛恨纏織，令人生死輾轉。

茫茫渺渺間，她脫蛻的舊靈魂臉上，瞇彎的笑眼帶著淚痕兩行，穿著小哥哥的衣服，一再返回來向妳叩首謝恩。妳靜靜俯視她、扶起她，合十佑禱，為她深感哀憫與慶幸。是的，哀憫她還來不及睜眼好好看看這美麗人世間，慶幸她早期發現而未揹著殘缺恨走一生荒唐。

之後的每場夜夢，蒹葭蒼蒼的、露雨濛濛的，妳瀟灑說即使見到她的殘屍遺骸也心疼甘願，我點破回答那是妳太想念田馨的遺緒留影呀。「妳我都該放下」，我勸。

＊＊

時序近秋蕭颯，值得封藏記憶，總怕每每觸景傷情。可是我卻偷偷背著妳、自己翻出來攤看追思，只因為我比妳更想念，田馨。

田連春美——致母七十

媽，生日快樂。

三層奶油蛋糕頂，插著「7」、「0」兩樹聳入天、亮晃晃的燭炬，您大紅喜氣裝扮、端坐中間，許了大願，拿起刀，徐徐往「壽」字上切下去，劃開七十年來回憶悲悲歡歡的點點滴滴……

這場難能可貴同聚的壽宴，全家人如除夕圍爐般地都全員到齊了，圍著您、簇擁著您，拍紅了手、跺痛了腳、樂翻了淚、唱啞了嗓，歡聲笑語雷動縈繞。而我總是在想著您的這輩子像個什麼、是個什麼，才足可道盡其滄桑、其壯闊、其浩瀚，或其幽微、其德懿、其風範。我不敢為您寫史，媽，我來幫您回想回想這趟人生路前半段旅程，您都風風雨雨了些什麼吧。

一部行銷寶典和商戰實錄，是您。

您一輩子做得最久的職業就是賣衣服，在台視附近的中崙市場內租個攤位，風雨無阻、全年無休地一賣四十四年。您專攻中老年婦女年齡層，媽媽姨婆姑嫂阿嬤甚至連外籍瑪麗亞，都是您長久經營的主顧客。攤位上排滿各種款式的褲子，短褲七分褲長褲韻律褲不一，攤位側旁和後面層層疊疊懸掛著上衣洋裝襯衫外套，琳琅滿目而繽紛斑斕，整個攤位遠看像個七彩百寶盒。您是帝后，掌理著一座國。

這個小攤子竟也撐起家的天下。爸爸每月領的死薪水，只夠全家五張嘴活到月中，您的這檔小生意，補足了下半個月的開銷，還存了錢、貸款買了松山路的屋，兩房一廳一衛裡塞滿了我懵懂的童年。

您真是一部行銷寶典和商戰實錄，舉凡服飾界裡相關的採購批貨、流行趨勢、色彩美學、櫃位陳列、搭配穿戴等等，早在您攤位僅三坪大的運籌帷幄中，對顧客的消費心理學、識人術、價格談判、促銷折扣戰、贈品策略等等，更是獨到犀利。我從小一開始跟在攤位旁幫忙叫賣與包裝，屢屢學不會您專擅人與人互動的精髓與絕學，傻頭愣腦地跟前跟後著，是的，這是您行闖江湖的絕活祕笈、獨門功夫，即使我已踏入社會多年、官至總經理之職，更在為企業傳授行銷學課程、輔導顧問職涯創業之際，還用不上您的一招半式。

攤位小，您總跪坐在木板釘的小椅上喳呼客人，足踝以下塞在椅子下，經年地磨呀搓呀，大拇指外翻得嚴重，趾根甚至還突起骨刺肉瘤，而無法穿鞋屢屢顛躓難行。這場打了四十四載大戰役所領受的傷疤，是您認真活過的生命勳章、歷史印記，看您跛著艱難走一步，我攙著您蹁行都心痛一次，您是最值得驕傲的。

一冊台語辭海和日華字典，是您。

您的時代介於日據後期與台灣光復之初，幼時上學、家裡生活雙語交雜，台、日語聽說讀寫都訓練得很道地，之後嫁給來自河南省、操著鄉音的外省老兵我爸，兩人雞同鴨講也能聯姻，芋頭番薯（台語發音）攜手白首偕老，跨越語言藩籬，真真見證愛情的偉大。

您真是一冊台語辭海和日華字典，做生意時憑著超溜且夾雜鄉土俗諺俚語的台語，簡直無往不利，不但交易成功錢入袋、還順帶幾句調侃；而才和爸爸用豫省家鄉話高談闊論、聊天討論著，一轉頭罵我們時，立刻換腔成正統的國語，字正腔圓地教訓得頭頭是道、口沫橫飛；其實您最特殊的是還會日本話，幾趟東瀛之旅，無論翻譯、導覽、指路、點菜、對話乃至爭論吵架，都難不倒您。

十多年前，爸爸不慎中風而半身不遂，拖著的這幾年，您不時轉譯著他對我們的望子成龍，最後上帝接走他的當晚，我們紛紛趕到病床旁跪著送他上路，我很希望您能用盡語言天分，把死人說成活的啊。

一間廟殿與寺堂，是您。

自我有知始，雖然南北搬遷了幾次也整修了幾回，家裡最明亮、視野最寬廣之處當是佛堂了。您晨昏定省，都會點上三炷香給觀世音菩薩、地藏王菩薩和田氏歷代祖宗牌位，跪著一一請安，初一十五還將念上一部佛經迴向先祖，善盡長媳代傳薪火的義務，喔，不是義務，您總訓誡我這不是盡義務的必然或無奈，是人的本分。

阿公過世得早，是您攢了藏了半輩子的私房錢，親自和舅舅四處遍尋福地，才得以入好棺安葬在八里觀音山上的墓園的。墓園裡四座墳塋安座，綠松挺拔圍繞，小空地上還建了座涼亭，自己可乘涼休憩，也歡迎來掃墓的朋友一歇。每年清明前，您總備妥了油漆和刷子，催著我上山粉刷那座涼亭，好讓有緣人多來跟阿公聚聚，免得他孤單寂寞。您真是孝女呀。好幾次拜訪蔣勳老師而經過八里時，我總會不自覺地仰望那座孝女涼亭，更想到您。

您真是一間廟殿與寺堂，長年領著我讀深奧卻淺懂的《心經》。是故，空中無色、無受想行識、無眼耳鼻舌身意、無色聲香味觸法、無眼界乃至無意識界、無無明亦無無明盡，乃至無老死亦無老死盡、無苦集滅道、無智集滅道、無智亦無得。一連十六個無，您要我閉上眼、觀著音，潛心悟其道、釋其理，在困厄縛鎖之際尤其需要。您一語禪偈道破，能捨、即得。

您是這廟殿寺堂唯一莊嚴、慈眉善目的菩薩，雖自身難保、卻還勉力伸出慈悲普渡我、修行我、供養我，阿彌陀佛。

一間食堂和餐廳，是您。

要尊稱您是辦桌總鋪師或是米其林主廚，一點都不為過，問嘗過您親手烹煮的佳餚的味蕾就知道了，哪個不點頭稱讚的。您會做菜，又是一段不堪回首的過去。剛嫁給爸爸時，公家沒配家庭宿舍，只能兩地相思，您為了存些錢可寄回娘家孝敬，承攬了十數人工廠的外燴，一天午晚兩餐、每餐三菜一湯，菜色不重複的話，一週就需變出三十種菜、十樣湯，您蹲好馬步，把在瑞芳娘家阿嬤傳授的幾道私房料理當底，鹹換辣、炒轉蒸地交換作變化，不僅餵飽十數人的胃，更練就一身好廚藝。當然，滿房的油煙廚餘也一舉淹沒了您的青春年華、您的新婚蜜月期。

您真是一間食堂和餐廳，一家四條漢子（一老三小）的健康，您全扛在肩上，誰愛吃什麼、誰不愛吃什麼，鍋盤刀砧間您早有算計，僅僅隨心烹飪，冰箱有何食材就煮什麼，舞鏟弄勺三兩下，又是一桌色香味俱全、熱騰騰的餐宴，我們爺兒唯一的回報就是大口扒飯吃菜喝湯，狼吞虎嚥全部吃光光。

講到吃，我還要特別一提，您做生意雖忙，但每晚為明日午餐準備的便當從不馬虎。這一小方格天地，展演舞台不大卻要顧菜色顧美味顧可口，但您總是端出令人驚豔的餐廳主秀，每次掀開飯盒蓋的當下，就像拆封精美包裝的禮物般地興奮，我看見的、吃到的，不僅僅是一餐的溫飽，更是盡展您慈親愛心的曠世鉅作。

一座農莊和牧場，是您。

更早前，家還在台南楠西鄉下時，前園是花圃、後院是菜畦，這是您數項副業中最引以為傲的事業了。跟著服務於曾文水庫的爸爸，左等右盼終於分到家庭宿舍的配給，新家格局方正、廳亮房明、衛廚一應俱全，前後各有小院正是重點。您是辛勤耕耘的園丁，研究過土壤水質、分析過肥料病蟲害，不出多久，前園玉蘭花、萬壽菊、天竺葵、馬纓丹，朵朵爭奇鬥豔；後院A菜、茄子、豌豆、大頭菜，株株綠意盎然，再加上放養的二十四隻烏骨雛雞遊戲其間，一座農莊儼然成形。

您真是一座農莊和牧場，前園後院是您霸占獨有的小宇宙，菜是自摘自食、花是自栽自賞、雞是自宰自補，多的剩的就與鄰分享，既結緣又節省好不快樂。小宇宙隨時歡迎光臨參訪，我常召同學結伴來您的農莊牧場玩耍，一起放牧了好幾學期的小學時光。

農莊裡的西瓜則不得不提。農莊裡沒種西瓜，爸爸趁出差空檔而批發載回來的西瓜，您倒是賣得嚇嚇叫，這也是貼補家用的副業，利潤薄又極辛苦。腳踏車後座焊了貨架、裝上竹籃、塞滿西瓜，夏天旺季時要騎十幾公里到鎮上市場叫賣，生意好到每天要載兩趟應市。車大人小的，見您搖搖晃晃又驚險又揮汗地在省道上來回討生活，我自此對愛吃的西瓜是既愛、又恨。

一座導航和燈塔，是您。

我曾經迷途過，國二逃過幾次學，跟著學長混小幫雜派，專門堵在暗巷勒索隔校落單的，也因為我嗓門大、塊頭高、吆喝頗威嚴，很快就升到二哥級的次領導，在街頭耀武揚威了好一時日。雖說血氣方剛、年輕氣盛，但講狠算不上地痞流氓角頭，糾眾打殺的不敢為、酒色賭毒更是沒膽做，倒是學業荒廢得離譜、曠課不假得嚴重，直到輔導室教官找上了您。您到學校把我領回家，對坐在茶几前，您打開指南針般的人生導航功能，平靜地講了幾個勵志小故事，又拿了幾本偉人傳記讓我讀，您沒暴跳如雷地訓罵斥責，我反而窘迫羞愧地無地自容。

您真是一座導航和燈塔，跟隨爸爸的老路，高三還未畢業我就報考上了陸軍官校，直奔南台灣鳳山的豔陽炙日。入伍魔鬼訓練一連八週，每個周日的家屬會客，您都是跟著爸爸開車連夜兼程南下，趕登記第一個早點看到我，每每見我軍服濕了又乾、乾了又濕，草綠衫上染了大片的白色鹽漬，就萬般心疼與不捨。您要我堅此百忍，練壯一點、曬黑一點，勇敢承擔國家賦予的重責，努力擦亮肩上的軍旅榮光，對得起這身筆挺戎裝的黃埔勳譽。您很鼓勵我朝著自己的志願勇敢去做、去圓夢，自己靜靜地當個千萬瓦亮度的燈塔，將光程調到百浬，燃燒自己、照亮我的前途。

一間牢房和監獄，是您。

痛打過我後，您老將藤條、皮帶隨手就掛在客廳牆上，隨時可再取用，這堆剛揮舞過的刑具還滴著血、埋著肉般地標誌著我的滔天過錯。而罰跪則是再家常便飯不過的手鐐腳銬了，偷竊、說謊的唯一刑法，常常是一整晚都關在您畫定的戒嚴區裡深躬自省，直至隔日清晨日出才可起身梳洗著裝、繼續趕公車上學，這是您如官署緝捕欽差要犯般所公告的家規律條上，罪罰最重的。最難堪的是，您劃要我認錯、接受處罰後，到祖先牌位前去合十悔過，懺陳如何愧對田家列祖列宗的，以及自我覺悟。

您真是一間牢房和監獄，簡樸到毫無裝潢，只一桌、一椅，桌上擱著一枝筆、一札信紙，紙筆是寫自白用的。我曾被關在獨居房久久獨對叛逆的自己，我曾被關在禁閉室接受您苦口婆心地勸誡教誨。每每行刑前，您總要我清楚明白為何受罰，學著謙卑認錯；每每行刑後，更要立正鞠躬謝謝您，學著誠然感恩。您守在我青春最荒唐的岔路口，肉身擋住妖魔鬼怪、牛鬼蛇神對我的侵擾，即使遍體鱗傷、即使粉身碎骨，您也在所不惜。

這間牢房和監獄，我升上高中後就關了，您很少再罵我、打我了，我像是刑滿獲釋的罪犯，特別想念您始終還掛在牆上、久未使過的那堆家法。

一間藥局和醫院，是您。

我的兩個弟弟自小體弱多病，進出診所醫院頻繁，小病至感冒發燒過敏拉肚子、大痛至急診刀傷縫合上手術台，每有病痛，總需經您簡易望聞問切、把脈初診後，當機立斷決定外送或是內治，才往下一療程送。我們都極佩服您如華佗再世般一眼便判知病情輕重，後來才知道您年輕時在阿嬤患直腸癌後曾貼身照料多年，把屎把尿、管吃管喝之際，竟也習得不少護理醫藥知識，而造福於我們仨。

我痼疾於鼻竇炎，近爾失察而蔓延成鼻腔癌，雖屬前期但病況不輕。您第一時間衝到醫院探視，帶著我愛吃的手工花生豆花和招牌港味三寶飯趕來，還沒坐下來便催著我趕快填肚飽腹，一派優閒地說「吃飽了，才有力氣和癌細胞打仗」，安慰著我剛剛發芽的慌心。您說：這種癌要開刀、然後放射線與化學注射連續治療，療程需時兩個月、之後再休養至少半年、並繼續每半年檢查一次、連續追蹤五年，治癒率可達九成五以上……，連珠砲似的療程說明，跟主治醫生講的竟大致相同，連申請重大傷病卡、醫療費健保全額補助等事，也都是您一再提醒的。我知您的未卜先知、神通廣大，都是出自對我最大、最深切的關心，治癌您幫不上忙，兩箱的腫瘤病友營養品補充專用的亞培倍力素，卻已備妥放在家裡等我了。

您真是一間藥局和醫院，滿櫃整櫥的醫療保健品，有轉骨長高的中藥祕方藥包、有明目顧眼睛的魚甘油丸、有專治跌打損傷的萬金油、有活氣血通筋脈的運功散、有提升腦力的冬蟲夏草雞精、有補充營養素的維他命錠、有……，紅蓋子的綠罐身的藍包裝的透明袋的，丸的粉的片的膏的，吃的擦的抹的貼的，不一而足地準備在咱家三兄弟並肩攜手成長的路上，藥罐藥劑藥包藥袋儲在行囊裡，您還不時叮囑著：上路吧，媽媽不跟了，你們要多互相扶持照顧相挺喔。

這間藥局和醫院開了五十年（我已是知天命之齡了），終年 7-11 二十四小時不打烊，時至今日甚是。現在只要是睡在您隔壁房的孫子稍微小咳小喘，您這部老爺救護車就會立刻出動疾駛過來，拎著醫藥箱報到、待命急救後送。

您還是一部、一棟、一疊、一捆、一套的什麼和什麼……

古諺誨之「人生七十才開始」，媽，我由衷祝福著：這輩子前半生無論多麼酸甜苦辣、如何坎坷崎嶇，七十福壽之後，更轟烈更精采充實的下半場，您才要剛剛開始呀。您我今生有緣為母子，來世讓我做牛做馬報恩還您，說好的喔，七十古稀壽宴上我們說好的喔。

生日快樂，媽，田連春美。

林鍾秀美之未見；再見——記您別後二十年

外頭正薄海歡騰、歡欣鼓舞著雙十國慶，台大醫院前的中山南路掛滿兩排迎風飛展的國旗，更遠處的介壽路上架搭了牌樓，旗海翻騰中，張燈結綵、霓虹爍閃得好不絢麗。而現場直播的電視新聞上，總統府前才剛行過軍容壯盛、挺拔整齊的黃埔校閱隊伍，總統也才宣達國慶文告、振臂呼喊萬歲過，民俗遊藝大隊人馬正要群舞經過司令台前……，您要回家了，動身啟程往來世。

紅藍警示燈倉皇閃著，救護車喔咿喔咿一路鳴笛闖越中山北路，彎繞過國慶大典的管制路段，穿越人車洶湧，蜿蜒曲折奔回土城老家，這條蒼茫歸途一去不返，單行道了二十年。

蹲在我面前，妻淚湧涕流、濃愁深鎖的，就著一張兩吋、斑駁的老照片，娓娓重現了二十年前那幕黑白畫面的場景……

作為女婿，我應該要當面承歡膝下，虔心貼身瞻前顧後的，只是此生沒緣分親逢稟見相諾，這是深烙在我心頭上一道永不會消褪的疤痕呀。我遺憾著沒來得及參與您臨終前的最後行旅——您惡癌罹身抗禦多時、絕然的離棄人間而令人哀痛逾恆的那段心碎歷程，我沒能披麻帶孝陪您最後一段，只能在每年春節、清明、中秋才開塔三次的妙法寺裡，依著鐫滿整部心經的骨灰罐上的小照片，與您隔世相望。

對不起，對不起我沒來得及向曾健在的您，由衷喊聲「媽媽」。

媽媽，您好嗎？

從那時起，我對您粗略但卻深刻的無限緬懷，只能從聽來關於您身旁的幾段故事，片片塊塊堆砌起可能的模樣想像。不過，知曉您與妙法寺的金黃琉璃瓦、鮮紅朱紅石柱，一起藏在桃園大溪的深山上，知曉是華嚴佛陀、三聖菩薩護陪著您在煙雨縹緲間，我們都安心得放下了。

**

妻說您認命。惜福能捨知分那型的。

當年義無反顧死生相許嫁給爸爸，是宿命；吃好食壞上山下海，也是宿命；夫唱婦隨逆來順受，還是宿命；病痛纏身侵心蝕骨，更是宿命。生命大河裡，您一直都甘願認命潛心受領、如此隨著夫家的湧波洶濤而逐流。

那天，直到向妻求了婚，妻領我回家向爸爸提親時，才在廳堂拜見到您，神桌上、牌位後的遺像，定格鎖在風光的五十年華，雍容而慈眉善目。我緩緩為您上了香，合十跪叩著懇求您將女兒許配給我，您安靜沒說話，似是默許了這樁姻緣。而我永遠記得那天在心底向岳母大人您保證的幸福承諾，我一定實踐到底。

然而提親那天，您的五個姊妹也在場，她們哽咽地憶起您樂天知命的善良性格，直嘆天妒好人。面對這樁婚事，當也紛紛兼代母職地對我品頭論足，並且對這樁婚約多所告誡與殷切期許。之後，阿姨們擠在您的房間裡，邊拭淚、邊翻找著您的遺物，綵服縵襖綢裙錦裳麗袍掛滿一整櫥的淚痕，輕薄衣褲摺疊好躲在下層抽屜裡哭，化妝台上粉黛胭脂口紅蹲在鏡前掩面垂淚，床頭櫃邊斜依擺著的婚照框則低頭啜泣著……，小小臥房塞滿著一生故事的黯淡頹然與華麗錦繡。

妻還顫顫說了，當年布置靈堂時，翻箱倒櫃要找照片放大當作遺像，無意間發現您的皈依證，一方小小紙牌顯見微塵眾生，才知您是受過菩薩戒的優婆夷，遵奉親近三寶、接受三歸、受持五戒、施行善法的在家居士，我們都想您早已找到了心的寧靜歸靠，把自己放心交給祂、寬心面對來世，真是安穩靜好。

您一定是一直神祕地隱匿在暗處，靜默看著我們重重落摜在自己身上的痛徹心扉的。是的，雖然您始終認命，但也一定是不甘、不忍、不願的。

阿姨她們每人都各慎重選了一件故事，掛回自己家裡的衣櫃作永生紀念，我則清楚記住這幕姊妹情的糾縛牽纏，還有您聽天由命後、絕然返身的朦朧背影。

＊＊

妻說您安靜。**溫淑沉默持家那型的**。

家中大小事從來都是爸爸在發落定奪安頓的，您永遠是個小媳婦樣的管家角色，只要三餐準備穩當、小孩教養乖巧、堂室窗明几淨，就算是持家得宜有方了。

您也不是個做生意的料，幫不上爸爸輾轉幾番的創業計劃以及後來勉強撐起的網版印刷事業，屢被爸爸嫌棄連個客戶的上門交易，都談得彆手礙腳的，差點誤了好幾筆買賣，動不動就得承受劈頭而來的幾頓挨罵。您默默隱忍著，為著還能遮風避雨的這個家、也為著這個家所共同編織的未來。

爸爸事業忙，您幫忙著瞻前顧後、看頭護尾，填個單、理個貨、記個帳、管個錢都難不倒您，忘的該收的款項、欠的該還的人情、缺的該送的贈禮，都是您在費心打理收拾。隨著生意日益興隆，屢屢應接不暇下，一家人更少一起同行旅遊了，記憶中最多只是幾回暑假期間或趁過年返鄉之便的隨興走走。一部營業賴以維生的赭紅廂型貨車，爸爸駕駛著、您導遊著，就是全家ㄊㄨˋ全台灣的最佳寶馬座騎了。沿路顛呀顛、晃呀晃的，履跡行過溪頭、走過彰化……，天倫之樂的情景仍歷歷在目，但其實置放在亙長回憶裡也只是曇花一現。

夫家娘家自己家三頭忙，您死死守護著家城堡，穩穩掌舵著家的諾亞方舟，卻緩緩駛離自己人生的駁岸。那時病床上，鼻胃管、引流管、尿管、注射管各式管線，就像是旅行中蜿蜒彎轉的山路，纏縛般爬在您臉上身上，您就此放任外頭仍風狂雨驟以及家人們的嚎啕嘶喊，循著往天堂的不歸路，消逝在旅程的山路盡頭……

許多年後我置身類同場景，終能感受事業家庭的順逆傾軋，真是折騰糾纏，而人生的雜駁沙粒被淘洗，裸剩殘餘的悲哀印象，卻只在您慌亂倔強地對家的填補感中，獲得少之又少的慰藉補償。我們都太不懂事，時至此刻遽有太多不捨與虧欠，更是萬千渴望再一個真摯簡單的擁抱。

知道您安靜而惜話如金，更想和您寒暄聊天，請您來我夢裡，別人勿擾，我們好好說說談談，講幾輩子的悄悄話。

＊＊

妻說您愛美。樸實低調自戀那型的。

您其實很愛美的，一直把自己整理得很妥適的，雖非麗質天生，但一瓶倩碧就是可搽臉抹身、護手潔膚的萬用保養聖品了，連口紅都是一色到底的地攤貨、平民款，您就是如此簡簡單單、樸樸素素、恭恭謹謹的。

盼著盼著，家裡終於添購了一台中古二手的縫紉機，您便開始喜歡隨意剪個布車東縫西的，順便閒餘在家接些縫紉代工的外快，以貼補家用。燈下，您戴起老花眼鏡，穿了彩線、繞了梭心，踏板喀啦喀啦上下翻動，就織起了一整匹的綺羅人生。家裡因此而變繽紛了，您老愛給椅墊、書封、桌面、椅腳、幕簾，甚至是電話、面紙盒、體重計隨興添個春色，作個美美的拼布套，像穿了衣、批了裳，家中稀微隱晦處的黑白影像裡，頓時都彩色了起來。

偶爾興起您也織提袋、車布包，準備隨時動身就可攜提的小行囊，哪知您那天竟真的執意揹起小行囊，頭也不回地兀自離棄這個家，獨往遠方淨土之境……

妻特別說，您最愛做洋裝，春秋時節總會依著流行的色系，為兩個女兒和自己添些體面的行頭。兩個女兒都傳襲您愛美的好基因，其實不用您操心，倒是您自己，每件體面的服飾行頭，都不是趕流行、追時髦，全是為著支撐爸爸商業應酬的門面，有您高雅亮麗出雙入對相陪著，這對伉儷齊心拚闖商場業務，絕對令人稱羨的。

那年姊姊要出嫁了，您拉著鄰居阿姨找了老師傅，為自己訂做了兩件旗袍，說是要在兩位女兒的婚禮上一展海派風、東方美。果然不久後的姊姊婚宴上，赭紅絲綢鑲上中國結，立領盤鈕、襬側開衩盡現雍容儀態，除了姊姊當屬您最炫目耀眼，更差點搶了新娘的風采焦點。賓客們簇擁著，紛紛稱羨您合身服貼的旗袍，其剪裁俐落、手工細緻，其風姿綽約、落落典雅，著實為姊姊婚禮增色添彩不少，那停格在相簿裡最燦麗的記憶框框中的，是您早就為姊姊精心布置的娘家贈禮。

另一件黃綠斑織的旗袍，您一直沒有機會再穿上、走我們婚禮的紅毯，孤零零地懸在妻的衣櫥裡，等著主人的萬千祝福。

每每打開衣櫥，與那件旗袍驚遇，我總會無端浮現著好幾幕「慈母手中線」場景的微電影片段：您緩緩攤開布，粉筆在深深淺淺的月光下，描繪出記憶的原型，剪刀順著往事的演繹，裁挑出一匹狂放而不規則的幾何圖案花布，然後，車縫機隆隆響著，彷彿闖進喧譁熱鬧的節慶祭典，繼續沿著縫線走，在左邊會遇見山洞般的鈕扣眼，一洞又一洞地，鑿穿慈母心，等待一線光被照見，而右邊，在對應的位置，相逢等距且纏成中國結的鈕扣，是那樣的心結如繭，這條被汩汩血脈灌溉過的水路，氾濫過粗糙的雙手，您就等在那裡，展臂迎接、準備好一件件幸福為女兒穿上……

＊＊

妻說您顧家。簡單樸素恭謹那型的。

煮飯做菜是您最為津津樂道的專長，好幾道拿手的客家特色料理絕活，張羅著家裡每一副碗筷的飽腹，總在您鍋鑊間盤算得精精準準的。您承繼的硬頸精神，在餐桌盤碟上、在便當盒裡，甚至在每一張口的挑剔中，展現得淋漓盡致，那正是最能見證您刻苦耐勞個性的真實存在。我真想自己也是座上賓的一員，舉箸落匙間盡享您的廚藝展演。

不過朦朧之間，我彷彿瞥見那幕您在世時家人圍爐的最後景象。您一派雍容端莊，淡施脂粉、素面灰髮的，泰然自若如許，而爸爸守在您身邊像一個忠心的貼身武士，摯誠守護著皇后。幾碟熱騰騰的菜餚剛上桌，添好飯，爸爸起身為您夾了菜、盛了湯，輕聲催您勸食療身……，這一刻，眼前的這對老夫妻不再是皇后與武士，而是勇敢的老國王伸出臂膀扶持照顧病弱的幼女，愛，此時此刻最最真實。

家前門有一畦小園，鋪上草皮岩磚、擺上花器盆栽，甚至排列了種植箱、堆了土、撒了種、接了水線，您便悠然地開始當起都市農婦來了。雖不至花團錦簇、菜茂葉繁，但每每進進出出，途經門前的一小座花卉博覽會，總激起些小小悸動，不僅怡情萌興，行履其間更是養心。隨著四季易變，您追著節令時歲，換栽些菊蘭、種點玫瑰、植個三色堇之類的，我不知道您一生，耽看花色幾回？相應您身處的騷動年代而言，那真是來不及浪漫與優雅的觀覽，因為青春也只不過才燦爛著那幾年而已！

而今，我們早已不關心花能綻開得多麗茂、菜能收成得多豐碩，反而關注在意著爸爸已臨耄耋、白皚皚的髮鬢和他獨住蟄居、黑壓壓的仄室。好幾次我們都偷偷看到，爸爸拜對著佛桌上您的牌位，默默跟您抱怨感嘆，我老了。

您還是個道地的蒙古大夫，一罐玻璃瓶裝、紅標「上標油」彷如就能醫治百病，頭痛腰痠點上兩滴，輔以推拿即能見效；胸悶腹絞塗上數道，輔以按摩便是良方，說也奇怪，小小一瓶，實不起眼，但每次循例處理都能藥到病除。妻因為確實好用，偷偷占為己有迄今，只要稍有任何撞傷瘀青，它就扮演急救箱的救難角色，幫您看護著全家的保健。看著妻扶起兒子受傷的腿，在足踝處抹上膏油，一邊按撫一邊掉淚，真不知是油味太嗆眼鼻、還是思念太想母親……

＊＊

二十年了，忽焉竟然已經二十年了。

迄今，甚至以後的永遠，我們對您都還烙著永生不褪的懷念傷疤。傷疤一直爛著瘡、滲著血、結著痂，對生之寂然遠走，死，也只剩懷念足以聊慰傷痛。

再登上妙法寺的殿階，我一步一步數著歲月攀往天堂的茫茫去路，即使您或許已不在那裡了，但每趟向回憶朝聖的遠途就算步履艱難，我們都願再再迢赴。是的，或許死亡並不像我們壯懷高歌時，所粗淺認知的那樣崇敬，遙遠的告終，漫長生命濃縮簡約至一罈骨灰，真是該莊嚴謙卑地面對，我們對生命的學習都不夠啊。生命進程至此絕然停止，葬於此、永眠於此，黑暗一世跟隨，小小陶甕裝入龐闊豐盛的生命，喔，那樣無法描摹的孤寞與荒涼，怎地永生承受其煎熬？

而慶幸您安然無罣他奔極樂，我們涕泗號泣卻也無奈抿嘴擠出笑容，為其歡喜往生，如此免得牽念不捨人世纏扯種種。而筆下擬寫的您，許是一種最虔誠的儀式紀念，是感嘆生命之猝然離赴，是對應荒疏表情後的濃濃離緒，也是喪慟後心靈的脆薄孱弱，更是哭乾淚之後還要嘶喊乾嚎的情感躊躇……

之於生死、之於一瞬永恆、之於天上人間，這些都是我聽來的悲歡故事，崢嶸地長在我未曾謀面、卻一直栩栩活在心中的妻之母——林鍾秀美的孑然一身裡，千萬福佑。

二十年後，我重新再認識了您。媽媽，您好。

九歌文庫 1250

我，他、妳。——死生回首懺情帖

作者	田運良
責任編輯	羅珊珊
創辦人	蔡文甫
發行人	蔡澤玉
出版發行	九歌出版社有限公司 臺北市105八德路3段12巷57弄40號 電話／02-25776564・傳真／02-25789205 郵政劃撥／0112295-1
九歌文學網	www.chiuko.com.tw
印刷	晨捷印製股份有限公司
法律顧問	龍躍天律師・蕭雄淋律師・董安丹律師
初版	2017年3月
定價	280元

書號	F1250
ISBN	978-986-450-117-5（平裝）

（缺頁、破損或裝訂錯誤，請寄回本公司更換）

國家圖書館出版品預行編目資料

我，他、妳。 / 田運良著. -- 初版. -- 臺北
市：九歌, 2017.03
面；　公分. -- (九歌文庫 ; 1250)
ISBN 978-986-450-117-5(平裝)

855　　　　　　　　　106001673